SPRITEBELL
EL DUENDE

Por

Pedro Gerardo Bader
Fernández

&

Gloria España

BLUE DEEP PUBLISHING

Text copyright © by Pedro Gerardo Bader Fernández & Gloria España.
Spritebell El Duende.
Publishing Rights © Blue Deep Publishing
All rights reserved.
Published by Blue Deep Publishing
Publish Date: 2020

Library of Congress Cataloging-in-
Publication Data Pedro Gerardo Bader & Gloria España.
Spritebell El Duende (El Libro) / by Pedro Gerardo Bader Fernández & Gloria España.
p. cm.
ISBN-10: 0-9971697-1-0
ISBN-13: 978-0-9971697-1-3

AGRADECIMIENTOS

Es un placer para mí contar con la colaboración de mi mágica invitada... "Gloria España", digo mágica porque fue un libro que disfrutamos muchísimo; agradezco que haya sumado su talento, su inspiración, objetividad e imaginación a este libro, me siento muy honrado.

Por otra parte, afortunado de haber compartido este libro con Gloria que con sólo un beso mágicamente iluminaba nuestros días de trabajo.

Gracias Gloria España por acompañarme en esta aventura de las letras, pero sobre todo gracias por ser mi Esposa, te Amo.

Pedro Gerardo Bader Fernández.

Para Ana Clara y Antonio...

Pedro Gerardo Bader Fernández

Agradecer siempre a DIOS por la vida y por la oportunidad de compartir esta aventura con el ser más imaginativo que conozco mi Esposo Pedro Gerardo Bader Fernández... Gracias por todo tu Amor, tu respaldo siempre en todo y por tantos mundos e historias coloridas que caminamos en esta aventura de Superhéroes...

Gracias Pedro... Te Amo.

Es un placer caminar este sueño Contigo... Gracias por tu Fe, tu confianza e invitación.

Gracias por compartir conmigo tu gran talento... Es un honor.

Quiero dedicar este Libro primeramente a DIOS por siempre estar a nuestro lado guiándonos y Bendiciéndonos... Gracias Padre.

Este libro está dedicado también con todo mi Amor a mis Padres por su amor, fe y respaldo a mi trabajo siempre,... A mi Familia entera... pero sobre todo a los más pequeños de mi Familia, a esos pequeños héroes que nos bendicen con su Amor día a día: Antonio E, Yuliana G, R. Emilio,

Alan T, Maidel E, Sai Mateo, Yessi Gianna, Ana Clara y Antonio.... DIOS los Bendiga.

Para mi querida Bárbara E. que es una héroe constante... que nos bendice día a día.

También está dedicado a todos los soñadores porque en cada persona que sueña siempre hay un héroe... Héroe es aquel que hace realidad sus sueños, que trabaja con fe y certeza desde el principio hasta lograrlos y en ese logro bendiciendo a los demás.

Para mis grandes heroínas de las que aprendí la entrega, el amor, la fe y la fuerza DIOS las Bendiga... Mamá Gloria Tejeda, Abuelita Ambrosia, Nana Tila, Mamá Fina Jarquín, Abuelitas Antonia y Francisca, Tía Antonia Beltrán, Rosita Fernández, Antonia y Dina Fernández, Francisca Godina, Lily Gutiérrez & Lupita Galán.

Gracias Mamá por darme alas siempre para soñar y alcanzar cada uno de mis sueños... Te Amo.

DIOS los Bendiga

Gloria España

Amanecía en el corazón de la selva de Borneo, la vertiginosa velocidad con que el hombre está devastando la flora y la fauna de esta zona impuso en la comunidad científica la tarea primordial de registrar a un gran número de especies que día a día van desapareciendo sin dejar rastros de su existencia debido a la tala indiscriminada de los bosques naturales, el Dr. Steve Koch, biólogo y científico de la Universidad de Florida, trabajaba en la investigación y descubrimiento de nuevas especies de plantas; unos pocos rayos de sol apenas se filtraban por el denso follaje entibiando el suelo de la selva, todo parecía normal como cada día desde hace un mes. Steve Koch mientras tabulaba en su libreta los recientes hallazgos de su investigación, un tropezón con una prominente raíz oculta en la hojarasca del sendero le hizo dar por tierra inesperadamente, por fortuna el percance no pasó más allá de un susto, pero al tratar de incorporarse estando casi al ras del suelo alcanzó a ver oculta entre las enramadas una exótica planta de muy baja estatura, con una flor amplia en forma de plato de múltiples colores y su centro era de color verde intenso bastante voluminoso con pliegues irregulares, le llamó tanto la atención que sacó su machete y se abrió paso entre los arbustos, cuando finalmente logró pararse frente a la majestuosidad de esa flor, no podía dejar de admirar su belleza, comenzó a observarla con detenimiento tratando de descubrir a que familia herbácea pertenecía, pero su aspecto no concordaba con ninguna especie antes vista, llevado por la curiosidad al no encontrar la formación de pistilos, pensó que su centro estaba retraído, considerando que existen muchas flores exóticas que cuando abren lo hacen de manera sorpresiva y violenta, arrojando una nube tóxica al ambiente contaminando al visitante indeseado, decidió intentar abrir con precaución su interior; Steve Koch extrajo un objeto metálico en forma de punta y lentamente lo aproximó al centro de la flor, el suspenso le cortaba la respiración, el Dr. Koch esperaba en cualquier momento la reacción de la planta, pero la sorpresa fue que al tocarla con la punta metálica no reaccionó en lo absoluto, provocó aún más intriga en el científico, que nuevamente intentó despertarla penetrando el centro ligeramente con el estilete metálico a modo de que abriera, pero lo que consiguió sólo fue un movimiento extraño del bulbo, anormal en una planta, su reacción más bien correspondía a la de los animales en sus largos letargos invernales, desde luego que hizo caso omiso a las obvias señales que advertían la existencia de un organismo desconocido y por lo tanto impredecible, Steve preso de la curiosidad quiso intentarlo otra vez, quería despertar a la planta de cualquier modo, sólo que esta vez clavó más profundo el estilete metálico y la reacción de la supuesta planta fue violenta e inesperada, el centro se desdobló dando forma a un iracundo duende que dormía en la flor, al ser despertado tan agresivamente, su natural instinto de conservación lo llevó a reaccionar del peor modo, rápidamente se elevó y se quedó suspendido en el aire observando a su agresor, cuando vio a

Steve con el estilete empuñado aún en su mano el duende pensó que lo atacaría nuevamente, por lo que de inmediato formó un cúmulo de energía de color azul en su mano derecha del tamaño de una bola de billar, con una fuerza sobrenatural como si se tratara de un rayo, el duende trazó la trayectoria del proyectil que salió de su mano y atravesó el pecho de Steve, el cuerpo del Dr. Koch fue lanzado inerte por el aire, como si flotara por causa del impacto, pero antes de que tocara tierra el tiempo súbitamente se detuvo... En ese momento entre el duende y el Dr. Steve Koch se materializó un anciano de aspecto amigable vestido con un ropaje multicolor que se confundía con el paisaje de la selva, los seres mágicos de la selva le suelen llamar Juez de Vida, quien se tomó un breve instante para observar la escena, luego procedió a tocar con su varita mágica el hombro del duende, sacándolo de su estatismo y le preguntó.

- ¿Tienes idea de lo que acabas de hacer Spritebell?

- ¡El me atacó primero Juez de Vida y tú lo sabes bien!

- ¡Lo que no sabes porque estabas dormido! es que este hombre jamás te atacó.

- ¡Cómo no! Sentí su estilete clavándose en mí cuerpo y cuando me desperté lo encontré parado empuñando su arma a punto de atacarme nuevamente.

- Esa fue tu primera impresión, y te dejaste llevar por ella.

- ¡Como que me dejé llevar por ella! ¿Acaso hay otra explicación?

Preguntó Spritebell un tanto preocupado.

- ¡Claro que hay otra explicación, de otro modo yo no estaría aquí presente! Exclamo el Juez de Vida

- ¿Entonces estoy en problemas, verdad?

Comentó preocupado Spritebell.

- Me temo que sí y esta vez... No podré ayudarte.

- Pero Juez de vida, usted bien sabe que yo estaba durmiendo y el vino a molestarme.

- ¡Spritebell, él solo buscaba ver el centro de la flor y pensó que si tocaba lo suficientemente profundo con el estilete reaccionaría abriéndose, como lo hacen algunas flores! jamás imaginó que el centro de esa flor, fuera un duende dormido.

- ¡Vaya cosa, ahora comprendo! ¡Pero, pero, me sacaron de mi sueño abruptamente, y todavía me encuentro con alguien parado en frente de mí, con un estilete en la mano a punto de!...

- Lo lamento Spritebell, pero como lo mires acabas de quitarle la vida a un portador de la chispa divina y la ley establece que deberás pagar con tu propia vida, ¡a menos!...

Spritebell al escuchar la última frase del Juez de Vida dijo emocionado.

- ¡A menos...!

- Bueno, a menos que estés dispuesto a entregarle la mitad de lo que te resta de vida, así quedaría saldada tu deuda con la ley de vida.

- ¿Entregarle la mitad de mi vida? Pero al hacer algo así me quedaría sólo con 200 años, ahora tengo vividos 100 mi expectativa de vida es de 500 años si le doy 200 a él ¡me quedarán sólo 200 años para mí!

- Bien, tienes la opción de vivir la mitad de tu vida restante o perderla completamente ahora mismo si dejo que él toque el suelo... Tú decides.

- ¡Pero Juez de Vida!... Está bien, será sólo un suspiro, pero algo es mejor que nada, le cederé la mitad de lo que me resta de vida.

- ¡Bien, así se hará!... Oh una cosa más, una réplica exacta de tus poderes pasarán a él juntamente con tus años así que eso te convierte en su guardián.

- ¿En su guardián, pero y mi vida aquí? Qué pasará con eso.

- Lo lamento, pero los años de vida que él vivirá siguen siendo tuyos, como los poderes que poseerá, por lo que cualquier cosa que él haga, será directamente tu responsabilidad.

- Pepepero...

- No hay peros, Spritebell...

Dicho eso el anciano tocó nuevamente a Spritebell con su varita mágica y el duende quedó inmóvil, preso en el estatismo del tiempo, luego el Juez de Vida con su varita mágica extrajo del duende un fragmento de luz de un color verde muy intenso y lo trasladó al cuerpo del Dr. Steve Koch, cuando la luz hizo contacto con el cuerpo del científico, lo iluminó por completo destacando detalladamente en su interior cada órgano, cada sistema, claramente se pudo observar como sanó casi de inmediato la herida mortal provocada por el impacto de energía que disparara Spritebell, posteriormente la intensidad de la luz fue en aumento hasta alcanzar un máximo resplandor, luego... Súbitamente se apagó, el cuerpo de Steve continuó con su caída hasta impactar contra el suelo, permaneció inmóvil, pero con vida; la primera reacción de Spritebell fue huir despavorido, por lo pronto no sabía qué hacer, decidió que necesitaba tiempo para asimilar lo ocurrido, por lo que mejor se fue.

Pasaron las horas y al caer la tarde comenzó a preocuparles a los otros miembros de la expedición científica la ausencia de Steve Koch, su compañero y amigo personal el Doctor Francisco Curiel, decidió organizar un grupo de búsqueda y se dirigió con rumbo a las coordenadas designadas en el tablero de trabajos del día, no tardaron demasiado en llegar al lugar, pero la noche ya casi estaba cayendo sobre la jungla de Borneo, siguiendo la senda en la cual realizaba su rutina el Dr. Koch, pronto dieron con el área en la cual se encontraba Steve, al principio solo vieron los arbustos despejados por el machete de Steve, avanzaron hasta que se toparon con la exótica flor, al observar todo con detenimiento, rápidamente encontraron a Steve aún en el suelo inconsciente, de inmediato su amigo Francisco Curiel se acercó y revisó sus signos vitales, al ver que estaba vivo optaron por cargarlo en una camilla y trasladarlo a la seguridad del campamento.

Una vez en el campamento, Steve a ratos despertaba, balbuceaba algunas palabras las cuales nadie comprendía y volvía a quedar inconsciente, preocupados de que pudiera tratarse de alguna clase extraña de infección decidieron trasladarlo de regreso a Florida, el Dr. Koch pasó varios días en observación sin que nadie pudiera encontrar una razón lógica que explicara su cuadro clínico, todos los análisis practicados arrojaban resultados negativos, estaba completamente sano pero no comprendían que causa le mantenía inconsciente. Sin que nadie se diera cuenta su amigo el Dr. Francisco Curiel entró a la habitación de Steve Koch y extrajo un poco de sangre de su brazo y se retiró hacia su laboratorio; Francisco comenzó a realizar algunas pruebas sin obtener resultados determinantes hasta que miró la sangre de Steve bajo el lente de un microscopio electrónico de última generación que poseía una función para observar a través de una cámara Kirlian, su sorpresa fue tan grande que casi se cae de la silla, podía observar con total claridad como las células de la sangre de Steve estaban mutando, el proceso ya tenía convertido casi en un 80% la estructura celular de su cuerpo, eso explicaba el aparente letargo, todo su cuerpo estaba mutando hacia otra condición física, tal como lo hacen las larvas de gusanos al convertirse en mariposas, solo que en éste caso el capullo era su propio cuerpo, de inmediato realizó un estudio de ADN para determinar qué tipo de mutación se estaba gestando y sus consecuencias, luego de los estudios pertinentes, valoraciones y cálculos realizados por el científico, llegó a la conclusión de que Steve se estaba convirtiendo en un ser con atributos absolutamente inadmisibles para cualquier mente razonante, ante un hallazgo tan extraordinario y sin tener ni una vaga idea a que atribuirle el fenómeno, Francisco se quedó tomándose de la cabeza con sus dos manos, tratando de encontrar una explicación a todo lo que sucedía, al menos para decidir adecuadamente que hacer; de pronto todo el laboratorio se estremeció al escuchar el estrepitoso ruido que provocó la caída de una charola llena de herramientas quirúrgicas, extrañado por el hecho, al saberse solo en el laboratorio Francisco lentamente se levantó de su silla salió de la habitación de microscopios y se dirigió a la sala de pruebas, sigilosamente entró a la habitación para investigar qué es lo que sucedía, cuando llegó al lugar donde aparentemente se escuchó el accidente, observó con asombro a un diminuto ser de muy corta estatura, que recogiendo las herramientas balbuceaba como si estuviera enojado, Francisco atónito se quedó casi paralizado al ver por primera vez a un supuesto duende, no sabía cómo reaccionar ni siquiera sabía si lo que estaba viendo era real o fruto del estrés o de algún tipo de fenómeno visual, pero de pronto el duende le habló y le dijo.

- ¿Qué te piensas quedar ahí parado? ¡Ven a ayudarme!

- ¡Quién eres tú y que cosa eres!

- No soy una cosa, mi nombre es Spritebell y soy un Duende de los bosques.

Comentó Spritebell un tanto contrariado, mientras continuaba recogiendo las herramientas del suelo.

- ¿Y puedo saber a qué se debe tu presencia en mi laboratorio?

- Vi cuando le sacaste sangre al brazo de Steve.

- ¡Y que hay con eso!

- ¿Ya sabes lo que está sucediendo verdad?

- Si te refieres a que si ya me di cuenta de la mutación que está sufriendo Steve, estas en lo cierto.

- ¿Y qué piensas hacer al respecto vas a reportarlo?

- No hasta saber la causa del fenómeno.

- ¡Yo!.. Soy la causa del fenómeno.

- Explícate no comprendo a que te refieres.

- Cuando Steve Koch estaba en Borneo realizando sus investigaciones en la jungla, accidentalmente descubrió la flor en donde yo dormía, le llamó la atención al ver que era una flor muy rara y...

De este modo comenzó Spritebell a contarle a Francisco Curiel todo lo sucedido con detalles, una vez concluido el relato Spritebell le dijo.

- Sólo me resta comentarte lo siguiente, él no sabe aun lo que le pasó, ni sabe de mí, mucho menos de los poderes que ahora posee, te estuve observando y creo que eres su amigo por lo que voy a necesitar de tu ayuda.

- ¡Ahora comprendo, por eso es que estas aquí, en que te puedo ser útil, si se puede saber!

- Al despertar recordará vagamente lo sucedido, por lo que será de gran utilidad si le ayudas a recordar con detalles hasta el último momento en que el permaneció consciente.

- Qué pasará si me pregunta de ti.

- Ese será el momento en que me presentarás, pero debo advertirte algo, no debe enojarse, debes evitarlo de cualquier modo.

-¡Porqué se enojaría! Naturalmente Steve es un hombre muy ecuánime y tranquilo.

- Recuerda, su naturaleza ya no es la misma, aunque su carácter permanece como parte de su personalidad, pero la inmensa energía que ahora está contenida en él, no debe ser liberada antes de que aprenda a controlarla y pueda comprender su nueva condición.

- ¿Qué sucedería si se enojara?

- Muy peligroso para quien este cerca, el canalizaría por medio de sus ojos y sus manos el poder que posee, destruyéndolo todo.

- ¿Tan difícil se puede tornar la situación?

- ¡Muchísimo más allá, de lo que tu mente pueda imaginar!

- ¡Entonces que sigue!

- ¿Él tiene familia, esposa, hijos?

- No, sus padres viven en Hollywood California, y hace apenas unos meses que sale con la Dra. Julia Morris.

- Aproximadamente en unas seis horas concluirá todo el proceso de transmutación, debemos encontrar un lugar tranquilo a donde lo podamos trasladar.

- Tiene su casa al lado de la playa, es un lugar tranquilo y solitario. Comentó Francisco Curiel.

- Lo llevaremos a su casa de la playa, también necesitará alimentarse.

- Si quieres me adelanto, paso a comprar víveres y nos vemos en el hospital.

- No será necesario, la comida que el comerá de ahora en adelante es la comida que yo como, comida hecha por las hadas, un sólo grano de uvas silvestre hecho por ellas tiene la energía de dos elefantes aproximadamente.
Dijo Spritebell.

- ¡Bien entonces eso mejor te lo dejo a ti!, si quieres nos vemos en su casa, acondicionaré todo para su llegada.

- Si, ve tú a su casa, prepara todo y nos veremos luego en el hospital, me preocupa que alguno de los químicos que estuvieron manipulando su sangre descubra su nueva condición. Dijo preocupado Spritebell.

- Ok, aproximadamente en unas tres horas llegaré al hospital... ¡Oh! una cosa más ¿cómo te reconoceré? Preguntó el Dr. Curiel.

- No te preocupes yo me contactaré contigo.

Casi instantáneamente Spritebell apareció en el laboratorio de Bioquímica del Hospital en donde estaba internado Steve Koch, al llegar observó una aparente discusión entre dos químicos; al acercarse identificó a uno de ellos, su gafete medico decía, químico Adam Charck, uno de los que extrajo muestras de sangre al Dr. Koch, el otro tenía un gafete de visitante y una placa que decía seguridad nacional, detective Robert Stuart, Spritebell puso atención a lo que comentaban y se dio cuenta que la causa de la discusión, fue por lo que el químico Charck acababa de descubrir con respecto a Steve.

- Ya es la tercera vez que se lo digo, no conozco en absoluto el origen de lo que le pasa, lo que si se, es que el Dr. Steve Koch está en un proceso de mutación genética acelerado y los resultados de análisis y deducciones técnicas, indican que es de pronóstico impredecible.

- A qué se refiere con impredecible, Dr. Charck.

- A que desconocemos cuan peligrosa pueda ser su reacción.

- ¿Peligrosa?

- Nuestro ADN tiene una cadena de dos líneas paralelas con treinta y dos cromosomas, el ADN de Koch es de siete pares, una estructura virtualmente indestructible, además la velocidad con que se mueven sus moléculas no es normal, evidencía una concentración de energía totalmente inimaginable para un ser vivo.

- ¡Comparable con qué!

- De acuerdo a mis cálculos, es equivalente al poder lineal de una explosión solar.

- ¿Está usted bromeándome, verdad?

- No Detective, en lo absoluto...

De inmediato el detective Robert Stuart, hizo una llamada a la guardia nacional para informar la presencia de un peligroso código rojo de pronóstico impredecible. Spritebell no tardó nada en aparecerse en la casa de la playa de Steve Koch para contarle a Francisco Curiel lo sucedido.

- ¡Debemos sacar inmediatamente a Steve del hospital!

- ¡Guau que susto me pegaste!.. ¿Qué dijiste?

- ¡Que no hay tiempo, debemos sacar a Steve de inmediato del hospital!

- ¡Pero dijiste que en seis horas y para eso faltan cuatro, cual es la prisa!

- Descubrieron la nueva condición de Steve.

- ¿Cómo?... Y quien lo hizo.

- Un sujeto llamado Adam Charck, estaba con otro que traía una insignia que decía guardia nacional detective Robert Stuart.

- Charck, siempre buscando algo para destruir a Steve.

- Porque dices eso, existe algún problema con Charck.

- Hace años atrás intentó robarle la tesis de un proyecto sumamente importante sobre el cual Steve trabajó por mucho tiempo, Charck lo presentó como suyo ante el colegio de científicos pero descubrieron su farsa y por eso revocaron su licencia, ahora ya no puede ejercer como científico, desde entonces busca vengarse de Steve.

- ¿Que hace Charck en el hospital, si le revocaron la licencia?

-Imagino que ahora se gana la vida trabajando como químico en el hospital donde tú lo acabas de ver. Dijo el Dr. Curiel.

- Comprendo, él es entonces su enemigo.

- Bueno algo así, Spritebell.

-¿Creo que estamos en problemas verdad? Preguntó Spritebell.

-¡Debemos sacarlo de inmediato! Exclamó Curiel

- Ven, toma mi mano Francisco, sólo te ruego que mires lo que mires no te sueltes de mí, vamos a hacer un corto viaje interdimensional, si te pierdo puedes quedar extraviado en el tiempo para siempre ¿entendido?

- Si, si vámonos rápido, rápido.

Curiel se tomó de la mano de Spritebell y en un instante se encontraban en un ambiente donde no existía la gravedad, similar a un túnel cuyas paredes estaban hechas de una nube de color café claro, viajando a una velocidad vertiginosa, de pronto comenzó a ver infinidad de seres con diferentes aspectos, algunos mágicos, otros grotescos y algunos hasta horrendos, de repente Francisco se distrajo con un ser que parecía estar hecho de humo con dos inmensos ojos, al volver su rostro al camino impactó de frente contra algo con aspecto lagartoide que hizo que se soltara de la mano de Spritebell, de pronto sintió que caía en un vacío interminable y observó que a sus pies comenzaba a formarse un embudo como un remolino y por el agujero inferior del remolino se alcanzaba a divisar un lugar lleno de caos y fuego, y cuando estaba casi a punto de trasponer el umbral de ese horrendo mundo sintió la mano de Spritebell tomando la suya nuevamente, Francisco experimentó un gran alivio al ser rescatado; un instante después estaban de pie en la habitación de Steve Koch.

- ¡Vaya!.. Gracias creí que caería en ese horrendo lugar.

- Te advertí que no te soltaras... ¡No hay tiempo debemos sacarlo de aquí!

En ese preciso momento comenzaron a escuchar las sirenas de las patrullas y vehículos especiales de la guardia nacional llegando al hospital, Francisco se acercó a la ventana del noveno piso y confirmó la presencia de los elementos de la guardia nacional, giró y se encontró con la mirada de Spritebell y sin decir una palabra ambos ya sabían lo que debían hacer.

- Bien tomarás las manos de Steve y yo tomaré sus pies no debes salirte de la línea de mi espalda si la cama se cruza en el túnel interdimensional podemos chocar contra algo y los perderé a ambos, por favor mantén la atención en el camino y no pierdas de vista mi espalda, ¿comprendido?

- ¡Comprendido!

En el preciso instante que estaban por partir, entró en la habitación Adam Charck, al ver a Spritebell se impresionó, pero cuando vio al Dr. Francisco Curiel en el otro extremo de la cama, cada quien tomando a Steve de sus extremidades, rápido dedujo lo que intentaban hacer y para evitarlo corrió y pretendió aferrarse a la cama para que no pudieran salir, pensando que tratarían de arrastrar a Steve fuera de la habitación, pero antes de que pudiera llegar a tocar siquiera el barandal de la cama ellos desaparecieron, el metal que la cama contenía al entrar en contacto con el túnel interdimensional generó un destello de energía muy intenso que produjo quemaduras en varias partes del cuerpo de Charck quien cayó herido tendido en el suelo; del bolsillo de su chaqueta salió rodando un pequeño tubo de ensayo con la muestra de sangre del Dr.

Steve Koch, rápidamente como pudo lo tomó, apretándolo con fuerza en su mano temblorosa y hablando entre dientes dijo.

- ¡Me vengaré de ti Steve Koch y de tus amigos, no escaparás de mi furia!

Un instante después Spritebell, el Dr. Francisco Curiel y el Dr. Steve Koch aparecieron con la cama dentro de una de las ambulancias del hospital, rápidamente Spritebell adoptó la forma de uno de los conductores de ambulancias que pasaba casualmente por el lugar, el Dr. Francisco Curiel tomó el volante y Spritebell se puso de acompañante, en la salida del estacionamiento de emergencias del hospital la guardia nacional puso un retén para inspeccionar a todos los que entraban y salían, cerca de tocarles el turno a que los revisaran, vieron que el detective Robert Stuart estaba entre los miembros de la guardia nacional, de inmediato Spritebell lo reconoció y le dijo a Francisco.
- El que trae la chaqueta blanca es el detective que estaba con Charck en el

laboratorio, si ve a Steve lo reconocerá será mejor que haga algo antes de que lleguemos con él.

- ¿Qué es lo que harás?

- Sólo dame unos segundos.

Spritebell se fue a la parte de atrás donde traían a Steve y utilizando sus poderes mágicos rápidamente creó un cobertor de aislación como si se tratara de un paciente en cuarentena, luego retornó a sentarse al lado de Francisco.

- ¡Qué fue lo que hiciste!

- Steve ahora está en cuarentena y no se puede correr el cobertor de hule bajo ningún motivo.

Cuando Spritebell le dijo eso, Francisco volteó a ver y se encontró con todo un sistema de protección típico de los pacientes en cuarentena, entonces volteó a ver a Spritebell le guiñó un ojo y sonriendo le dijo.

- Eres muy creativo, buena idea, ¿todo ese equipo venia aquí en la ambulancia?

- Luego te explico. Dijo Spritebell
Cuando llegaron al retén el detective Robert Stuart se acercó a la ventanilla de Francisco y de inmediato le pidió la bitácora con el destino y la historia clínica del paciente, como no traían nada de eso Francisco dijo.

- Es un caso del departamento de Epidemiología muy urgente y clasificado.

- Está bien, muéstreme los papeles de traslado.

En ese instante Spritebell hizo aparecer una tablilla con toda la información del traslado que pedía el detective y se la acercó a Francisco diciéndole.

- ¡Seguramente esto es lo que necesita ver el oficial! Dijo Spritebell.

Francisco tomó la tablilla y comenzó a hojear toda la papelería y al ver que todo era correcto, se la pasó al detective sin decir una palabra, el detective leyó la información y luego le dijo a Francisco.

- ¿Puedo ver al paciente?

- Por supuesto, pero no puede correr el cobertor de hule, el paciente no debe exponerse al medio ambiente, ¿comprendido oficial?

- ¡Muéstreme al paciente!

Cuando abrieron la puerta trasera de la ambulancia las luces iluminaron todo, el detective inmediatamente subió a inspeccionar, Francisco pensó que los descubrirían, pero cuando vio a Steve traía puesta una máscara de respiración que le cubría la mitad de la cara, la cabeza vendada y los ojos tapados por unas gasas prácticamente imposible de reconocer, el detective al ver la dificultad para reconocer al paciente, pretendió detenerlos para mandar a pedir el expediente del paciente en el hospital pero Francisco visiblemente molesto le dijo.

- Disculpe oficial pero este paciente es mi responsabilidad y mis órdenes son llevarlo lo más antes posible a su destino, si algo le llega a pasar por culpa de esta demora usted y yo seremos los responsables, así que me disculpa pero yo seguiré el protocolo y me voy de aquí, usted ya tiene nuestra bitácora, si tiene alguna duda sabe dónde encontrarnos, así que le ruego bájese de la ambulancia ahora mismo o viene conmigo, usted elije.

El detective al ver la determinación de Francisco decidió tomar una foto de la bitácora con su teléfono y dejó que se fueran, en el camino ya más calmados Francisco le preguntó a Spritebell.

- ¿Dime como hiciste para disfrazar a Steve tan rápido y de adonde sacaste la bitácora?

-¿Te lo cuento o seguimos siendo amigos?...

Francisco se quedó sin contestarle nada mirándolo fijo y de pronto ambos se echaron a reír... Mientras en el retén de la guardia nacional el soldado que fue a buscar información de la bitácora que le entregara Francisco al detective Robert Stuart volvió con la novedad de que en el hospital no existe ningún departamento de epidemiología, y que el Dr. Steve Koch había desaparecido de su habitación, en ese momento al detective Robert Stuart se le demudó el rostro y de inmediato volteó y se quedó con la mirada perdida en el camino por el cual se había ido la ambulancia que trasportaba a Steve Koch.

- Bueno y entonces donde lo llevaremos, ¡a su casa ya no es posible! sería el primer lugar que buscarían.

- Dame un momento Francisco, ahora regreso.

Spritebell, súbitamente desapareció de la ambulancia, y pocos minutos después reapareció como si nada y le dijo a Francisco.

- Ya sé a dónde lo llevaremos.

-¿A dónde? Preguntó Curiel.

- A Borneo, a mi casa.

En ese momento Francisco casi pierde el control de la ambulancia, frena violentamente, y dijo...

- ¿Cómo?, en el estado que se encuentra Steve trasladarlo hasta Borneo es una locura.

- Escúchame Francisco no tardaremos nada en estar allá, además si permanecemos aquí el correrá peligro y las demás personas correrán peligro con él, recuerda que ahora Steve posee poderes que aún no controla, si algo llegara a salir mal y cualquier circunstancia despertara su enojo, muchas personas inocentes podrían salir lastimadas... ¡No encuentro mejor lugar que la jungla de Borneo para ayudarlo a descubrir su nueva condición!

La noche transcurrió sin novedad, el amanecer acababa de despuntar los primeros rayos de sol sobre la playa de la selva de Borneo, Steve comenzó a moverse en su cama, al parecer está a punto de despertar, el Dr. Francisco Curiel y Spritebell, expectantes esperan el momento en que Steve vuelva en sí, ansiosos por saber cuál será su reacción, de pronto Steve abrió sus ojos...

- ¡En donde estoy!

- Tranquilo Steve, soy Francisco Curiel ¿me recuerdas?

- Por supuesto Francisco, ¿dime que sucedió, estoy herido?

- No Steve estas completamente sano, no te pasó nada, sólo que te encontramos inconsciente en la jungla y te rescatamos y desde entonces estuviste dormido hasta ahora.

- Entonces creo que me picó una glossina morsitans.

- ¿Una qué?

- Una mosca tsé, tsé.

Después de concluir la frase Steve soltó una sonora carcajada, que contagió a Francisco y ambos comenzaron a reír.

- Tú no cambias Steve.

- Me siento débil, necesito comer algo.

- Ese es un buen síntoma, enseguida te traeré algo de comida.

Mientras Francisco se retiraba, Steve le dice.

- Amigo... ¡Gracias!

Francisco sólo lo miró y sonrió, luego continuó su camino.

Llegó a la cocina, la casa era una réplica exacta de la casa de la playa de Steve, el duende la instaló en plena jungla de Borneo a orillas del mar, Francisco le dijo a Spritebell.

- ¡Me está pidiendo de comer!

- Bien llévale estas uvas silvestres que hacen las hadas aquí en la jungla.

- Pero si me pregunta que son, que le digo.

- ¡Francisco no son tan diferentes! Sólo son un poco más pequeñas... Dile que es una variedad típica de ésta zona.

- Está bien.
Dijo Curiel.

Francisco retornó con Steve y al llegar le preguntó.

- Dime donde estamos se me hace muy familiar este ambiente.

- ¡Claro! porque estamos en Borneo, en plena selva.

- Ya sé que estamos en Borneo, no me refería a eso sino que esta habitación se me hace muy familiar. Comentó Steve mientras comía sus uvas.

- Steve es preciso que te cuente algunas cosas que sucedieron mientras tú dormías, creo que si te las cuento será mejor para ti.

- Correcto, salgamos ya me siento mucho mejor, ¡esas uvas dan mucha energía!

- Bien, salgamos a caminar en la playa.

- ¿Dijiste en la playa?, ¿Me trajeron a la playa?

- Si Steve... Estamos a la orilla del mar en la jungla de Borneo.

Cuando salieron Steve observó la fachada de la casa y se dio cuenta que se trataba de su casa de playa... y dijo.

- ¡Mi casa de playa!, como es posible.

- Bueno, en realidad es una réplica de tu casa de playa.

- No, no es una réplica, esta cerámica con el dibujo de la orquídea es de Sudamérica... Y yo la puse ahí, esta es mi casa, como llegó hasta aquí, ¿qué está pasando?

- Steve es muy importante que antes de que te cuente cualquier cosa, sepas que no te puedes enojar, porque sería muy peligroso para mí y todo el medio ambiente que nos rodea.

- ¿Peligroso para ti y el medio ambiente que nos rodea?, ¡me estás viendo la cara de idiota o que, de que me hablas!

- Steve, Steve, es en serio no estoy jugando, no te puedes enojar déjame que te cuente todo y luego me preguntas lo que quieras, Por Favor... Por favor.

Steve vio la expresión de desesperación en el rostro de su amigo Francisco y poco a poco se calmó, luego le dijo.

- Bien, te escucho.

- ¿Caminemos, te parece?

Pasaron caminado alrededor de una hora por la playa, Francisco fue contándole todo lo sucedido con detalles, de pronto Steve se detuvo y le dijo.

- Yo sólo recuerdo que estaba frente a la gigantesca flor, penetré el bulbo de su centro con un estilete de metal y se desdobló, luego vi una luz muy brillante y ya no recuerdo más, y ahora tú me cuentas todo esto y no sé qué creer, compréndeme amigo no es fácil de asimilar algo como lo que me estas contando.

- Yo comprendo tu reacción Steve, pero tal vez alguien pueda ayudarte a comprender todo esto mejor que yo.

- Créeme que comprendí cada una de las palabras que me dijiste, sólo que para mí es imposible de creer, ¡soy un científico no lo olvides!

- Está bien Steve, entonces como científico que también soy nos remitiremos a las pruebas...

- ¡Spritebell, sé que estas escuchando nuestra conversación, te ruego hazte visible!

Spritebell se materializó pero exactamente detrás de Steve y dijo.

- Aquí estoy.

Steve de inmediato al escuchar su voz giró para verlo pero antes de que el lograra verlo nuevamente Spritebell se colocaba a sus espaldas, Steve sólo alcanzaba a ver un destello de su imagen al darse vuelta.

- ¿Es una broma verdad? Comentó Steve mirando a Francisco con una expresión de incertidumbre.

- No Steve, no es una broma, ¡Y tu Spritebell ya deja de jugar no quiero que Steve se enoje!

- ¡Entonces Steve debe prometerme que no me atacará cuando me vea!

- Que dices Steve ¿es una promesa? Preguntó Curiel.

- ¡Y con que se supone que lo voy a atacar! ¿Con mis súper poderes?, Hazme el favor no seas ridículo Francisco, tú también.

- Steve... Lo prometes ¿sí o no?

- ¡Con que cuernos quieres que lo ataque! Exclamó Steve.

En ese preciso momento en que Steve dijo eso, dos enormes cuernos aparecieron en su cabeza, a Francisco se le desfiguró el rostro al verlo y desesperado dijo.

- Spritebell no es gracioso, quítale esos cuernos.

- Yo no hice nada, él se los puso solo.

- ¿Steve sientes lo que tienes en tu cabeza? Preguntó Francisco Curiel.

- ¿No, que tengo?
Dijo Steve

Steve decía eso mientras con su mano tocaba su cabeza y al sentir los prominentes cuernos se sorprendió y de inmediato trató de sacárselos pensando que era parte de la broma, jaló con tanta fuerza que dio vueltas en el aire y cayó de espaldas en la arena, cuando estaba tendido en la arena se acercó Spritebell y le tendió la mano en señal de ayuda, pero cuando Steve lo vio se asustó y comenzó a arrastrarse de espaldas hacia atrás, tratando de alejarse de Spritebell, pero el poder de sus movimientos lo llevó a desplazarse varios cientos de metros hacia atrás y finalmente se estrelló contra unos viejos termiteros cercanos a la playa, esto ya era bastante prueba de que algo totalmente anormal estaba sucediendo, Spritebell de inmediato apareció frente a él, mientras Francisco se acercaba corriendo, y le dijo.

- No tienes que huir de mí, yo soy tu amigo tu eres parte mía ahora y yo de ti, nada nos puede separar, supongo que Francisco ya te ha contado todo... Le dijo Spritebell.
Steve no articulaba palabra sólo se quedaba viéndolo fijamente mientras se incorporaba de entre los escombros del termitero contra el cual se había estrellado, Spritebell se quedó inmóvil y dejó que Steve se acercara a él, cuando pudo palpar con sus manos el pequeño

cuerpo de Spritebell, pudo comprender que nada era ficción que todo cuanto le contara Francisco Curiel era totalmente cierto.

- ¿Ahora me crees amigo? Le preguntó el Dr. Curiel.

- Bien ahora tienes que saber que hay mucho trabajo que hacer, tengo que enseñarte todos los poderes y fortalezas que posees, como también tus debilidades y tus enemigos naturales. Comentó Spritebell.

- ¡Que se supone que haré ahora con todo esto!

- Tantas cosas como no te has imaginado jamás, la medicina universal está a tu disposición, cualquier alquimia que desees hacer, te serán revelados los secretos más privados de la madre naturaleza, posees un cuerpo prácticamente indestructible, el manejo del espacio tiempo a tu disposición a través de la utilización de los planos interdimensionales, y un sin número de habilidades físicas e intelectuales; pero debo advertirte algo, de todo lo que hagas el responsable seré yo, vives a través de mí, si haces un mal uso de tus poderes seré yo quien cargue con la responsabilidad y si a mí me pasa algo, lo mismo te sucederá a ti porque estás unido a mí en un lazo indisoluble ¿entendido?

- Lo puedo confirmar,... Dijo Francisco Curiel, tal vez no todo lo que te dijo Spritebell, porque no me consta a nivel científico experimental, pero lo que yo pude comprobar con todos mis sentidos es que sufriste una mutación que te proporcionó un ADN con una estructura de siete pares de líneas que te hacen virtualmente indestructible, tu sistema molecular se mueve a una velocidad inimaginable para cualquier ser vivo lo que te hace tangible y también etéreo si lo deseas, a voluntad puedes modificar la velocidad de tus moléculas lo que te permitirá atravesar cualquier elemento sólido, puesto que la velocidad con que se mueven las moléculas de los elementos minerales o carbónicos es millones de veces más lenta que la de tu sistema, por lo que podrás penetrar con facilidad cualquier substancia con sólo quererlo, también a través de tus ojos y tus manos puedes liberar la totalidad de la energía de tu cuerpo con la fuerza lineal de una explosión solar si así lo precisaras, por eso es que te pedía por favor que no te enojaras, porque al desconocer tu nueva condición podías activar sin saber todas estas aptitudes, poniendo en riesgo la vida de todos aquí.

- ¿Mi condición es irreversible?

- Me temo que sí y lo lamento Steve, ¡fue mi culpa! Dijo Spritebell.

- Bueno Spritebell, si habláramos con la verdad, yo creo que también soy responsable, no tendría que haber molestado a esa flor lo siento mucho, como ven mi obsesión desató todo esto. Dijo Steve.

- Creo que nada sucede porque sí, todo esto debe de tener un propósito y pronto sabremos de qué se trata. Comentó Francisco Curiel.

Mientras en Florida Adam Charck permanece hospitalizado con serias quemaduras que afectaron gran parte de su cuerpo, cuando el médico de guardia vino a revisarle sus heridas, Charck lo tomó de la solapa con la única mano sana que le quedaba y acercándolo a su rostro le preguntó.

- El tubo de ensayo con la muestra de sangre que tenía en mi mano en el momento del accidente, ¿dónde está?

El médico de guardia bastante sorprendido por la reacción del paciente se apresura a definir su respuesta con el fin de tranquilizarlo.

- Tranquilo está en refrigeración en el laboratorio del hospital, a su nombre.

- ¡Cuándo podré salir de aquí!

- Su cuadro muestra múltiples quemaduras de gravedad, no creo que sea pronto, todo dependerá de la reacción de su cuerpo.

Luego el médico se retiró, pero al llegar la noche Charck como pudo se levantó de su cama y se dirigió a la sala de guardarropas de cuidados intensivos, sin que nadie lo viera se vistió de enfermero, salió de la sala y se dirigió al laboratorio en el noveno piso, se introdujo directo a buscar el tubo de ensayo con la sangre de Steve Koch, una vez que tenía el tubo en su poder fue a su gabinete sacó sus pertenecías y salió del hospital, tomó un taxi rumbo a su casa, cuando llegó de inmediato se dirigió a su laboratorio privado que había montado en su casa, como pudo colocó una muestra de la sangre de Steve Koch en el portaobjeto y lo puso debajo del microscopio, cuando vio en lo que se había convertido no lo podía creer.

- ¡No es posible, la metamorfosis concluyó aun en estado de congelación!, entonces el ADN ya está completo, debo sintetizar un poco de la muestra para ver como compatibilizar su sangre con la mía. Dijo Adam Charck.

Una vez que Adam Charck concluyó con el proceso observó que la sangre de Steve se unió a la suya sin inconveniente, Charck quedó sorprendido porque de acuerdo a los antecedentes, los grupos sanguíneos de Charck y Koch eran absolutamente incompatibles, lo que lo llevó a hacer uniones con distintas muestras de sangre de diferentes personas, cuando observó el resultado de los demás procesos, se dio cuenta que no importaba el grupo sanguíneo, compatibilizaba con cualquiera, eso lo animó a llevar la experiencia al próximo nivel... Tratar de compatibilizar la sangre de Steve con la de animales, de su banco de muestras eligió la sangre de un animal de tierra, uno de agua y uno de aire; para el de tierra utilizó sangre de leopardo, para el de agua la sangre de un tiburón blanco, para el de aire la sangre de un halcón; una vez concluidas las pruebas pudo observar que efectivamente la sangre de Steve hizo total compatibilidad con todas las especies antes mencionadas, éste descubrimiento era algo revolucionario, jamás había visto algo semejante, lo más interesante es que todas las muestras se asimilaban completamente al tipo de estructura molecular de la sangre de Steve Koch, con idénticas características, por lo que de pronto tuvo la idea de probar en un animal vivo y le inyectó a un ratón una dosis pequeña del suero sintetizado de la sangre de Steve; comenzó a tabular reacciones, en las primeras tres horas el ratón entró en un letargo profundo, dormitó todo ese tiempo, luego despertó y comenzó a moverse más rápido de lo normal, inesperadamente el ratón penetró los barrotes de la jaula y salió fuera, se movía como si buscara algo que no lograba encontrar, luego saltó del gabinete al suelo e hizo con sus patas delanteras un agujero en el concreto en cuestión de segundos escapando hacia el bosque. Charck quedó estupefacto con lo que acababa de ver, sin quererlo estaba descubriendo que el suero extraído de la sangre de Steve Koch atribuía aptitudes físicas muy especiales, por lo que de pronto detuvo su andar y dijo.

- ¡Un momento!, si pongo este suero en contacto con mi sangre probablemente también se transferirán esas mismas aptitudes físicas a mi cuerpo, ¡hasta quizás me cure de mis quemaduras!

Por lo que de inmediato buscó el tubo de ensayo en donde había preparado el suero extraído de la sangre de Steve Koch, pero Charck a causas de sus heridas en la mano derecha se le imposibilitaba un poco escribir, por lo que nunca tuvo el cuidado de identificar cada tubo de ensayo que preparaba, al estar todos los tubos juntos muchos de ellos se parecían visualmente y con la desesperación de Charck por inyectarse tomó el tubo de ensayo equivocado, sin pérdida de tiempo se inyectó, la reacción en su cuerpo fue bastante diferente a todas las demás, comenzó a convulsionarse y cayó al suelo, la estructura de su rostro comenzó a cambiar asemejándose a la cabeza de un tiburón blanco, era evidente que la muestra que tomó para inyectarse no fue otra que la unión de la sangre del tiburón blanco con la de Steve Koch, por lo tanto la mutación resultó una mezcla de las tres estructuras, Charck experimentaba múltiples deformaciones, algunas de ellas aparecían y luego desaparecían, luego de unas horas comenzó a definir su forma final, el rostro retornó casi a la normalidad, solo quedó una tendencia a la forma oval en los pómulos, además de un poco achatada su cabeza en la parte superior y su faz como si terminara ligeramente en punta, entre otras cosas aparecieron a la altura de su cuello branquias como la de los tiburones, su piel tomó un tono gris plateado y de sus quemaduras no quedaba rastro alguno, en su espalda se podía ver un abultamiento como si se tratara de una joroba algo puntiaguda, sus manos se volvieron palmípedas al igual que sus pies, cuando despertó al abrir sus ojos eran inmensos absolutamente azules muy oscuros como si sus pupilas estuvieran completamente dilatadas, por sobre de ellos de vez en cuando corría una membrana blanquecina transparente tal como los ojos de los tiburones, cuando logró ponerse de pie se acercó a un espejo, se miró y se turbó completamente, al verse tan distinto enfureció, rompió el espejo en mil pedazos y tomándose de la cabeza lanzó un grito mezclado con rugido animal y al abrir la boca su mandíbula se descolgó extendiéndose impresionantemente hacia abajo, exponiendo varias filas de dientes puntiagudos y aserrados típico de los tiburones; en síntesis Adam Charck se había convertido en un híbrido mitad humano, mitad tiburón blanco, al igual que Steve Koch su condición era completamente irreversible por lo que deberá vivir con su error, el resto de su vida.

- ¡Que hice, que hice! Me convertí en un monstruo, debo encontrar la manera de revertir este proceso.

De pronto una voz como en susurros le habla a Charck, de un modo que no logra comprender con claridad lo que le dice, busca en todas partes pero no logra ver a nadie.

- ¡Manifiéstate, quien eres!

Ahora con más claridad le dice...

- Puedes llamarme uciatán, soy uno de los dioses del inframundo.

- Muéstrate, no hablaré con un fantasma que no puedo ver.

- Para verme debes cruzar el umbral y me verás.

- ¿Y cómo cruzo el umbral? Preguntó Adam Charck.

- Sólo cierra los ojos e imagina que caes a un abismo profundo y me verás.

Charck hizo lo que uciatán le pidió y en efecto al hacerlo aumentó la velocidad de sus moléculas por lo que su cuerpo se volvió etéreo y pudo pasar a la dimensión intermedia "alfa", una vez ahí se escuchó nuevamente la voz de uciatán diciéndole.

- No te asustes por lo que verás, ahora abrirás lentamente los ojos, estarás parado al borde del túnel de la vida.

Cuando Charck abrió los ojos, un oscuro abismo se presentaba frente a él y del otro lado un túnel de color rojo en cuyo borde estaba parado un personaje de aspecto lagartoide, que arrastraba unas pesada cadenas y cargaba un hacha y un mazo con puntas, al verlo Charck se impresionó pero mantuvo su equilibrio y le dijo.

- ¡Qué cosa eres!

- Por lo pronto será mejor que hablemos de negocios, luego sabrás quienes somos.

- ¿Somos? A que te refieres con, "somos"

- Soy el representante de muchos, nosotros podemos ayudarte a convertirte en el amo y señor del mundo en donde estás.

- Nadie hace algo así a cambio de nada, ¿qué hay detrás, que ganan ustedes con esto?

- Nada… ¡Bueno en realidad lo único que pretendemos es solo un poco de carne fresca!

- Verdaderamente no sé de lo que me estás hablando.

- Amigo nosotros al igual que tu necesitamos de carne fresca para sobrevivir… O todavía no te dio hambre…

- Exactamente a qué te refieres uciatán.

- ¡Bueno!.. Vamos progresando ya te aprendiste mi nombre, me refiero a que de los prisioneros de guerra que ganes por cada triunfo que te ayudemos a lograr, escojas un grupo para nosotros, ¿más claro?

- Ya entendí, ustedes son devoradores de hombres.

- Exacto, igual que tú.

- ¡Yo no soy devorador de hombres!

- ¡Todavía no!... sólo es cuestión de tiempo para que comiences a tener hambre y entonces aflorará en ti el instinto irresistible de la carne fresca, ¡tu parte animal! ¿Recuerdas?

- ¿Exactamente de cuantos estamos hablando?

- Un par de miles bastará, desde luego que cuanto mayor sea el botín mayor será el número de prisioneros, por lo que querremos nuestra parte del pastel.

- Voy comprendiendo mejor, pero la pregunta es... ¿Cómo podrán ayudarme si por lo que veo no puedes entrar a éste mundo?

- Estas en lo cierto Adam Charck, pero no precisamos estar de ese lado para influenciar al que queramos.

- Comprendo, ¿entonces como comienza esto?

- Por lo pronto tienes mucho trabajo por hacer, descubrir los misterios de tu nueva condición te llevará algún tiempo, ya que tengas todo claro será hora de volver a hablar.

Mientras en Borneo las cosas marchan mucho mejor.

- Steve escúchame bien, me pondré del otro lado de la playa y armaré un escudo de fuerza, tu vista súper sensorial puede acertar exactamente en el blanco, sólo te pido que controles la intensidad del rayo como te enseñé, ¿listo?

- Listo, adelante Spritebell.

- ¡Concentración, por favor Steve!

Spritebell en cuestión de segundos ya estaba del otro lado de la playa, rápidamente creó un escudo de fuerza que cubría apenas su cuerpo, pero la vista súper sensorial de Steve le permitía estar prácticamente en ambos lugares casi al mismo tiempo, por lo que el cálculo de impacto casi era perfecto, de pronto su mano lanzó un grueso rayo de energía que golpeó certeramente el centro del escudo de Spritebell, mientras el impacto sucedía Steve parado al lado de Spritebell le preguntaba.

-¿No es demasiada potencia?

- No está bien ahora cambia, que la energía salga de los ojos, misma intensidad y logra que converjan ambas líneas de energía en un punto contra el escudo.

- Así lo haré, sólo que tú tendrás que ir a informarme porque no podré moverme.

- No te preocupes Steve, yo iré.

Steve cambió la energía que salía por sus manos a los ojos, ambos disparaban mucha potencia y en la medida que se acercaban al blanco ambas líneas de energía comenzaron a unirse impactando los dos rayos en un mismo punto sobre el escudo de fuerza de Spritebell.

- Puedes cortar la energía, ya lograste calibrar la potencia de tu disparo...

Comentó Spritebell parado al lado de Steve, de inmediato cesó el rayo de energía que lanzaba Steve Koch, luego el escudo también se desvaneció, apenas perceptible como un destello el cuerpo de Spritebell se unió a su reflejo que estaba al lado de Steve como si fuera una imagen holográfica, Francisco Curiel que estaba cerca se quedó sorprendido de tal despliegue de energía.

- Bueno ahora quisiera saber una cosa Spritebell, cuáles son los puntos débiles de Steve ante una real amenaza.

Realmente Francisco no existen puntos débiles en Steve, todo lo que estoy haciendo es proteger a los demás de Steve, si tuviéramos que buscar si existe alguna amenaza real en contra de Steve, es el mismo Steve, destruyéndose a sí mismo... Te explico, en el supuesto caso que Steve destruyera fuentes vitales... ¡Los elementos! como el agua, el aire, el fuego o la tierra en ese caso la privación irreversible de alguno de estos elementos si pondría en riesgo la vida de Steve, porque nosotros venimos de los elementos.

- También todos los humanos, dijo el Dr. Curiel.   Una pregunta más Spritebell, ¿No existe en tu comunidad individuos peligrosos?

- Lo que existe en realidad son las diferencias de carácter Dr. Curiel, eso es lo que nos lleva a tener puntos de vista distintos, pero si alguien de mi especie atacara a Steve, por más que quisieran hacerse daño entre sí, no podrían.
- Yo sé que en algún momento el espíritu de investigación del científico que existe en Steve, va a empezar a hacer preguntas... Comentó Francisco Curiel

- ¿Quieres saber si existen restricciones en el conocimiento? No, no las hay, pero si hay guardianes del orden, ellos son más que un elemental y tienen la autoridad en un dado caso de insolencia, dormir parcial o definitivamente a un elemental hasta que su tiempo de vida expire, se llaman Jueces de Vida.

- Oh si ya me hablaste de eso, uno de ellos es el que te sentenció por lo de Steve, ¿verdad?

- Correcto, así es.

- ¿Por qué es tan grave para un elemental, matar a un humano? Preguntó el Dr. Curiel.

- Porque ellos son la razón por la que el Creador nos creó a nosotros, el hizo tres tipos de seres, unos de luz, unos de fuego y unos de barro, a cada quien le dio atributos especiales, pero en el más débil depositó lo más valioso, en el hombre puso "su esencia", los humanos son portadores de la chispa divina, y cualquier elemental que osare quitar la vida a un hombre debe morir también, a menos que llegue a un arreglo con el Juez de Vida antes de que se consuma el hecho.

- Entonces, quiere decir... ¿que no es tan fácil la convivencia con nosotros los humanos?

- Nuestra tarea es la de co-creadores, debemos reconstruir la naturaleza cuando todos duermen, pero mientras nosotros dormíamos nos dimos cuenta de que alguien destruía lo que habíamos construido con tanto esfuerzo, hasta que descubrimos que ese destructor es el hombre y decidimos que no nos verían más, para evitarnos problemas.

- Supongo que no fue una decisión fácil.

- En verdad para algunos de nosotros fue un alivio, pero para otros fue una verdadera tragedia, en especial para aquellos que vivían apegados a los humanos, aun hasta el día de hoy les cuesta el no poder compartir con ellos.

- ¿Spritebell ustedes se enferman, les afectan los agentes externos como los virus, las bacterias?

- No entiendo la pregunta.

- ¡Si de pronto, como nos pasa a nosotros los humanos! nuestro sistema de defensa se deprime y nos da una gripe o alguna otra enfermedad, ¿a ustedes también los afectan los microorganismos, virus, bacterias, hongos, parásitos, etc.?

- No, nuestra sangre tiene la capacidad de asimilar cualquier cosa con la que se ponga en contacto y la convierte a su misma estructura.

- ¿O sea que si entrara un virus en tu torrente sanguíneo la sangre lo convierte en parte de su estructura?

- Así es. Contestó Spritebell

- Entonces el virus al formar parte del sistema de defensa de tu cuerpo, cuando se presenta un nuevo virus este piensa que tu cuerpo es un virus, por lo que jamás atacará a tu cuerpo, ¡Genial! es la cura para todas las enfermedades. Dijo el Dr. Curiel

- Bueno... si, pero no.

- ¡Porque no!

- Sencillamente porque para que suceda, primero debería de producirse una mutación en la persona como pasó con Steve, y eso es posible solo si el Juez de Vida lo autoriza.
- ¿Ni aun sintetizando exclusivamente esa propiedad de la sangre de Steve, para lograr la cura de las personas? Preguntó Curiel

- No es posible.

- Pero cuál sería la razón.

- Comprende Francisco que ese atributo que posee la sangre de Steve es a causa de la asimilación total de su sistema al sistema de nuestra sangre, no es que podemos aislar parte e incorporarlo en tu sistema como si fuera una refacción, porque al momento que hagas el suero y lo inyectes en un humano va a asimilarle todo su sistema convirtiéndolo en una versión inferior de nuestra naturaleza, aun así sería peligrosa para los demás humanos, no lo recomiendo.

- Comprendo claramente y estoy de acuerdo con tu explicación, pienso que no sería seguro para nadie.

- Lamento mucho no poder ayudar a tus congéneres, pertenecemos a dos naturalezas completamente diferentes. Dijo Spritebell.

- Entiendo pero después de todo no es tan descabellada la idea de crear una forma para que nuestra sangre haga por sí sola el proceso de asimilación de organismos externos.
- Si encuentras la manera sería el camino hacia una solución confiable, tal vez para eso te pueda servir observar cómo trabaja nuestro sistema metabólico, en fin te deseo suerte con tu investigación.

- Gracias Spritebell, fue un charla muy reveladora. Dijo el Dr. Curiel

Mientras, en Florida Adam Charck está a punto de descubrir uno de sus instintos más letales, en la medida que el tiempo fue avanzando las ansias por comida comenzaron a crecer en Charck, su instinto animal irresistible lo llevó hacia la playa, a estar cerca del mar, caminaba erráticamente sobre la arena sin saber exactamente que quería, hasta que un hombre aparentemente indigente que deambulaba en el lugar, activó los estímulos eléctricos que comenzó a sentir Charck alrededor de su boca, anunciándole la presencia de un organismo vivo, detectó los destellos de energía que emanaban de sus músculos al moverse aun en plena oscuridad, de inmediato se lanzó sobre su presa, con una fuerza sobrenatural lo arrastró hacia dentro del mar, ambos desaparecieron en cuestión de segundos entre las olas, Adam Charck por primera vez sació su hambre, con carne fresca.

Mientras en Borneo... Después de un largo día de trabajo se reunieron Koch, Curiel y Spritebell en la playa alrededor de una fogata disfrutando del paisaje nocturno, de pronto por primera vez Spritebell percibe la presencia de Charck de una manera completamente inquietante, con tal intensidad que se toma con sus dos manos la cabeza.

- Percibo tu preocupación Spritebell, ¡que sucede!

- Juro que no comprendo Steve pero algo no anda bien y está relacionado con ese enemigo tuyo... ¡Charck!

En ese preciso momento hizo presencia el Juez de vida, aparentemente demasiado enojado se dirigió directamente a Spritebell y le dijo.

- Esta vez morirás Spritebell, nada podrá salvarte, volviste a matar a un humano y esta vez será la última.

El Juez de vida levantó su varita mágica en alto y cuando estaba a punto de disparar su rayo mortal a Spritebell, Steve Koch se interpuso entre el Juez de Vida y Spritebell diciendo.

- ¡Un momento! Spritebell no mató a nadie, todo el tiempo estuvo aquí con nosotros, creo que se trata de una equivocación.

- Hazte a un lado Steve Koch la ley de vida jamás se equivoca y éste indigno debe pagar con su vida su crimen.

- Mi deseo no es interferir con el cumplimiento de la ley de vida, sólo estoy diciendo que tiene que existir una explicación para lo que sea que está sucediendo, lo que sí sé con total seguridad es que Spritebell jamás se alejó de nosotros ni por un instante, tanto el Dr. Curiel como yo sabemos que es inocente.

- Bueno, si ustedes dos confirman con su testimonio su inocencia no tengo más remedio que creer, pero la muerte de otro humano a manos de la sangre de Spritebell es real también, por lo que no puedo dejarlo en libertad hasta que todo esto se aclare.

- ¿Juez de Vida puedo saber dónde se cometió el crimen? Preguntó Spritebell.

- En Florida, en una playa cercana al hospital donde estaba internado Steve.

- Juez de Vida, deme 24 horas y descubriré como es que mi sangre está involucrada en este crimen.

- ¡Y yo lo ayudaré! Agregó Steve Koch.

- Veo que existe la disposición de aclarar esto, está bien 24 horas, ni un minuto más.

En un instante, Spritebell y Steve Koch arribaron a Florida, directamente al hospital en donde trabajaba Adam Charck, luego de buscarlo meticulosamente y no encontrarlo decidieron preguntar en recepción; Spritebell que había adoptado la forma de uno de los pacientes que salía del hospital se acercó a la recepcionista y le dijo.

- Busco a Adam Charck.

- Él ya no trabaja aquí, estuvo internado con múltiples quemaduras de gravedad pero misteriosamente desapareció, por lo que tengo la orden de que cualquier persona que pregunte por él debe ser reportada a la guardia nacional, el señor Charck desapareció sin dejar rastro alguno, deberá llenar esta planilla y lo citarán para declarar.

Por un breve momento la recepcionista agachó la cabeza para buscar la solicitud, cuando levantó su mirada para entregar la planilla... Spritebell ya había desaparecido. De inmediato Steve Koch y Spritebell se dirigieron a la casa de Adam Charck, cuando entraron no encontraron a nadie pero les llamó la atención como todo estaba destruido y esparcido por todas partes, al entrar en el laboratorio encontraron las muestras de sangre de Steve y los ensayos que Charck realizara abandonados en la mesa del laboratorio, tomaron todas las muestras y se regresaron a Borneo para que Steve Koch y el Dr. Curiel determinaran que había hecho Charck con la muestra de sangre de Steve.

- Es evidente que trabajó en algún experimento, por eso tantas muestras. Comentó el Dr. Francisco Curiel.

- Lo extraño es que muchas de estas muestras son parecidas Francisco, con la misma coloración, como si fueran una repetición.

- Es debido a que la sangre de Spritebell todo lo asimila y lo convierte a su misma naturaleza, como pasó contigo Steve.

- Comprendo, pero si se tratara de experiencias diferentes, ¿no crees que lo correcto habría sido, señalar a cada una de las muestras con un nombre diferente? Dijo Steve Koch.

- Pienso como tú Steve, pero será mejor que estudiemos a cada una de las muestras por separado, para saber exactamente que hizo en realidad.

- Está bien, tienes razón. Concluyó Steve

No transcurrió demasiado tiempo, para que los primeros resultados comenzaran a aparecer.

- Steve, tienes que ver esto...

Mientras en Florida, Adam Charck reapareció luego de su breve ausencia en el mar.

- Qué bueno que encontré como construir mi nuevo laboratorio debajo del mar, es un lugar ideal, nadie sospechará donde vivo.

De inmediato, se propuso sacar las cosas de mayor importancia, pero cuando entró al laboratorio observó que todos los tubos de ensayo incluido el que contenía la sangre de Steve Koch, habían desaparecido.

- ¡Quien entró y se llevó todos los tubos de ensayo!

La voz de uciatán le respondió diciéndole.

- Fueron el duende y Steve Koch... se llevaron todo.

- ¿Sabes dónde están?

- Qué, ¿pretendes ir a buscarlos?

- ¡Desde luego que sí! se llevaron todas mis muestras.

- ¿Y descubran que existes? No seas insensato, no tienes oportunidad ante ellos, son mucho más poderosos que tú, no te recomiendo enfrentarlos.

- ¡Entonces qué haré!, se llevaron la muestra de sangre de Steve Koch.

- Harás precisamente lo que estás haciendo hasta ahora, terminar tu laboratorio debajo del mar y esperar.

- ¿Esperar qué?

- Nuestro plan es conquistar el mundo, no enfrentar a Spritebell y compañía. Dijo uciatán.

- ¿Y quién es Spritebell?

- ¡El duende!... El duende se llama Spritebell.

Mientras en Borneo...
- Esto está sin duda alguna muy claro Francisco, Adam Charck realizó experiencias con la muestra de mi sangre. Dijo Steve Koch.

- De acuerdo a los estudios, Charck fue paso a paso descubriendo las propiedades de tu sangre Steve y experimentó hasta llegar a fusionar tu sangre con la de personas de distintos grupos sanguíneos y finalmente con la de animales, pero no existe más información.

- ¡Eso es!... ¿Cómo no lo vimos antes?

- ¿A qué te refieres Steve? Preguntó Francisco.

- Experimentó con animales y uno de esos animales fue un escualo ¿verdad? por eso el crimen se realizó en cercanías del mar.

- ¿Estás diciendo que Charck creó un híbrido con la sangre de un tiburón? Preguntó Spritebell.

- Pero para eso necesitaría un humano dispuesto a asumir todos los riesgos. Comentó Curiel.

- Recuerden que la enfermera dijo que cuando Charck desapareció estaba con graves quemaduras, tal vez cuando descubrió las propiedades que la sangre brindaba, tuvo la idea de fusionar su sangre con la mía para intentar curarse de sus heridas. Dijo Steve.

- ¡Pero de hacerlo lo habría hecho con tu sangre, no con la del tiburón! Dijo Spritebell.
- Exacto, sólo observen un detalle, todos los tubos de ensayo lucen iguales, ¡y si se equivocó!...

- ¡En qué! Dijo Curiel.

- Inyectándose el suero de la hibridación del tiburón con mi sangre, pensando que se trataba del suero original de mi sangre. Dijo Steve Koch.

- Pensándolo bien, es posible lo que dices Steve, con tantos tubos de aspecto tan similar, sumado a que sin duda se dejó llevar por la desesperación, al verse tan cerca de conseguir una cura inmediata para sus múltiples quemaduras ¡es posible que se haya equivocado! Comentó Francisco Curiel.

Mientras tanto en Florida Adam Charck conversa con uciatán y se entera de los nuevos planes.

- ¿Tienes algún plan para lograr tu objetivo?

- ¡Nuestro objetivo Adam! y claro que tengo un plan. Respondió uciatán.

- ¿Puedo saber de qué se trata?

- Con tu sangre a pesar que ya no es pura, todavía puedes crear un ejército de híbridos como tú, con ellos bajo nuestro mando, lograremos dominar los océanos y cuantas naves surquen por ellos. Dijo uciatán.

- Bien pero los voluntarios de donde los sacaremos. Preguntó Charck.

- Tienes el poder de invisibilidad, te servirá para capturar de entre los vagabundos y desposeídos a los más aptos para nuestro plan, forma ese pequeño ejército y después te diré que haremos.

Mientras en Borneo el tiempo que otorgara el Juez de vida se agotó, por lo que se hizo presente nuevamente esperando una respuesta convincente por parte de Spritebell y Steve Koch.

- Bien, vengo esperando una respuesta que clarifique los hechos ¿tienen novedades?

- El que realizó el asesinato fue un híbrido llamado Adam Charck. Comentó Spritebell.

- Bueno, esa es la conclusión a la cual arribamos y las únicas pruebas que existen sobre eso, son estos tubos de ensayo que usted ve aquí. Reafirmó Steve Koch.

- ¿Tubos de ensayo?... ¡Qué clase de ensayos!

- Se trata de la sangre de Steve cuando estaba internado, Adam Charck extrajo un poco de sangre del cuerpo de Steve y es la que utilizó para hacer los ensayos. Dijo el Dr. Curiel.

- Entiendo... ¿Cuáles fueron los resultados de los ensayos que realizó Charck? Preguntó el Juez de Vida.

- Observamos que descubrió las cualidades de Spritebell en mi sangre y comenzó a ensayar con muchas especies, hasta que se dio cuenta que la sangre de Spritebell en mi sangre asimilaba a todas las sangres sin importar su origen. Dijo Steve Koch.

- Bien, que más.

- Al parecer cuando Adam Charck vio las cualidades de la sangre de Steve, creemos que Charck experimentó inyectándose la sangre de Steve en su propio cuerpo. Dijo Spritebell.

- ¿Me están diciendo que ahora tenemos una copia tuya y de Steve en la persona de Charck?

- ¡No, peor que eso!... Exclamó el Dr. Curiel.

- ¿Peor, qué puede ser peor? Replicó el Juez de vida.

- Como puede Usted observar ¡ninguno de los tubos de ensayo está titulado! excepto el tubo con la sangre de Steve, todos los demás tubos de ensayo comenzando por el primer suero que Charck realizó en el cual unió su sangre con la de Steve son del mismo color; eso nos llevó a pensar que Charck en su desesperación por curarse de sus graves quemaduras tomó el tubo de ensayo equivocado y se inyectó del suero donde había hibridado la sangre de Steve con la sangre de un tiburón blanco. Explicó el Dr. Curiel.

- ¡Bien, entonces debo entender que tenemos un monstruo caminando por las calles de Florida! Exclamó el Juez de Vida.

- Si nuestro razonamiento es correcto, me temo que sí.
Afirmó Steve Koch.

- Al ser obra de un humano yo no tengo jurisdicción, por lo que es algo que deberán resolver ustedes, lo lamento pero ante esta situación no tengo nada más que hacer aquí.

De inmediato el Juez de vida desapareció... Desde ese momento Spritebell, Steve Koch y Francisco Curiel buscaron incansablemente resolver el misterio, pero pasaron varios meses sin encontrar ni una sola pista del paradero de Adam Charck, tampoco se produjeron nuevos asesinatos con similares características, hecho que tornaba todo más confuso aun.

Mientras Charck en todo este tiempo logró construir un ejército de híbridos a partir de su sangre, en una isla con pocos habitantes, desde las profundidades del lecho marino excavó hasta dejarla prácticamente hueca, la isla desde afuera se miraba aparentemente normal, pero en su interior Charck y su ejército construyeron una compleja fortaleza, una estructura con los más sofisticados avances tecnológicos, ahora estaba listo para poner en marcha el plan de uciatán.

- ¿Bien que sigue ahora, uciatán?... Preguntó mentalmente Charck.

- Ya tienes los soldados de nuestro ejército, ahora es tiempo que salgamos a buscar a nuestros oficiales. Dijo uciatán.

- ¿Te refieres a oficiales de verdad?

- ¡Sí!... Tenientes, capitanes, coroneles y generales.

- Suponiendo que lo logramos, como vamos a convencerlos de que estén de nuestro lado.
Preguntó Charck.

- Muy fácil, una vez que los inyectes con el suero de tu sangre y vean en lo que se han convertido, no tendrán opción; los que quieran ser héroes y pasarse de listos aprovechándose de los poderes que tu sangre les dará... pasarán a formar parte de nuestro menú.

- ¿Cómo los conseguiremos? Preguntó Charck.

- Tienes la capacidad de aumentar la vibración de tu estructura molecular y atravesar cualquier superficie y como tú nuestros soldados ¿es así?

- Así es.

- Entonces aprovecha la magistral capacidad de desplazamiento en el agua que poseen nuestros soldados, súmale la extraordinaria facultad que tienen de penetrar las paredes, lo que nos permitirá entrar por debajo penetrando el casco de los submarinos, portaviones y cuanta nave nos sea útil, nos haremos dueños rápida y silenciosamente de la mayor y más poderosa flota del mundo... Dijo uciatán.

- ¿Dónde ocultaremos las naves? Preguntó Charck.

- Los hangares que hice que construyeras en lo más profundo del océano debajo de la isla, son para eso.
- ¡Entiendo!

- Pero eso será solo el principio, luego creceremos más, nadie podrá detenernos mientras desconozcan nuestra ubicación. Dijo uciatán.

- ¿Qué otra cosa tienes en mente? Preguntó Charck.

- Cruceros de lujo, en busca de personas influyentes y científicos en viajes de placer.

- ¿Y los demás?

- ¡Comida Charck, rica y variada comida! Dijo uciatán.

En los días siguientes, las fuerzas navales más poderosas del mundo, sufrieron la pérdidas de sus más sofisticadas naves, misteriosamente sus flotas fueron prácticamente diezmadas, azorados por los acontecimientos se convocó a una reunión a los ministros de defensa de los países afectados, para tratar de encontrar una explicación a los recientes hechos de la misteriosa desaparición masiva de sus naves y juntos buscar una solución, el mundo estaba desprotegido frente a un enemigo completamente desconocido.

En plena reunión de los ministros por primera vez, Spritebell y Steve Koch súbitamente se hicieron presentes en el recinto, todos desconcertados se preguntaban cómo éstos extraños personajes burlaron los estrictos protocolos de seguridad, a lo que le siguió la pregunta obligada, ¿quiénes eran y que querían?

- No se alarmen caballeros, no venimos a lastimar a nadie, voy a presentarme, mi nombre es Dr. Steve Koch, y mi compañero es como podrán observar, un ser que pertenece al mundo de los elementales llamado Spritebell.

Mientras Steve presentaba a ambos, el ministro que presidía la reunión por debajo de la mesa apretó un botón activando una alarma silenciosa, en pocos segundos el recinto se llenó de personal de seguridad.

- Parece que no fuimos lo suficientemente claros, ¡venimos a ayudar! Dijo Steve Koch.

El ministro de Estados Unidos llamado Eliot Johnson visiblemente contrariado dijo...

- ¿Con qué derecho ustedes interrumpen ésta reunión? no sé cómo entraron, pero en éste momento saldrán de aquí, esto no es un circo, ¡arréstenlos!

De inmediato los miembros de seguridad avanzaron y arrestaron a Steve y a Spritebell los cuales no ofrecieron resistencia, de pronto Steve dijo.

- Cometen un serio error caballeros, nosotros estamos aquí para ayudar a resolver las desapariciones de los navíos.

- ¡Un momento! como es que ustedes saben sobre la desaparición de las naves, es información absolutamente clasificada.

- Secretario Johnson, está más que claro que los recientes acontecimientos fueron producidos por algo no convencional, quiero creer que aunque sea por curiosidad ustedes quieren escuchar lo que venimos a decir. Dijo Steve Koch.

- Qué solución podría aportar un supuesto Doctor disfrazado de superhéroe y un enano disfrazado de duende, sinceramente sin ánimo de ofender, ¿a qué juegan ustedes?

- Con todo respeto, yo no soy un enano disfrazado de duende señor... Dijo Spritebell.

Mientras comenzaron a flotar en el aire todos los agentes de seguridad, sus armas se desprendieron de sus manos las cuales se dirigieron y apuntaron a todos y cada uno de los ministros.

- Creo que son más que evidentes nuestras aptitudes especiales, si les quisiéramos hacer daño ya no estaríamos hablando con ustedes señores ministros, no acostumbramos a hablar con los muertos. Expresó Steve Koch.

- ¿Nos están amenazando?

- ¡Escúchame bien humano, que parte es la que no puedes comprender cuando te decimos que venimos a ayudar! Dijo Spritebell visiblemente molesto.

- Verdaderamente no comprendo, ¿es necesario demostrarles lo que somos capaces de hacer para que confien en nosotros?

- En verdad como comprenderán ¡si nos fiáramos de cada prestidigitador que se nos presenta! todos nuestros países estarían bajo serio riesgo... ¿Qué me asegura que esto no es más que un truco? Díganme algo lo suficientemente convincente como para que confiemos en ustedes. Dijo Johnson.

- Le diré algo señor ministro de defensa que le hará sudar y luego, le aseguro que tendrá el trabajo de cambiarlo todo. Dijo Spritebell.
- ¡Bien, ya veo que comienzan a mostrar sus verdaderas caras! Que nueva amenaza nos harás, súper enano.

El franco insulto del Secretario de defensa Eliot Johnson a la persona de Spritebell casi lo saca de quicio, pero conociendo por experiencia los resultados de actuar por impulso Spritebell decide pasar por alto sus palabras y en cambio le dice.

- Tango-777-face terminal-Abraham Lincoln, ¿Eso le dice algo?

De inmediato el secretario de defensa Eliot Johnson palideció y bajo un visible ataque de ira se levantó de su silla y avanzó hasta donde estaba parado Spritebell y le dijo.

- ¡Qué! te atreviste a jaquear información ultra confidencial de la defensa de nuestro país, ¿dime ahora mismo de donde obtuviste ésta información?

- ¡Les dice usted a sus colegas o lo digo yo, que significa la clave que le acabo de mencionar!

Eliot Johnson, luego de un breve silencio levantó la cabeza y dijo en voz alta.

- Es la clave secreta del Presidente para ejecutar el lanzamiento de misiles nucleares en masa a nivel global, en caso de un ataque intercontinental.

- Sr. secretario de defensa si usted fuera un enemigo de los países libres y contara con la información que le acabo de proporcionar ¿qué haría? se presentaría en esta reunión cumbre a negociar algún suculento y favorable acuerdo a su favor ¿o que haría? Dijo Spritebell.

- Digan de una vez que es lo que quieren. Exclamó Eliot Johnson con un tono derrotista.

- Sólo quiero que llame en éste momento, en el modo de alta voz y pregunte al pentágono si su sistema de seguridad fue vulnerado de algún modo. Exigió Spritebell.

De inmediato Johnson se comunicó con el alto mando y confirmó ante todos sus colegas que el sistema de seguridad jamás fue violado de ningún modo, atónito y desconcertado preguntó.

- Díganme la fuente que les provee información confidencial, ¿tienen un espía en nuestra administración?

Spritebell dirige la mirada al Dr. Steve Koch y le dice.

- Este hombre es un hueso duro de roer, no confiará jamás en nosotros, perdemos nuestro tiempo.

- Secretario Johnson, porqué en lugar de cuestionarse tanto no piensa un momento... Si quisiéramos hacerles daño con la información que Spritebell les acaba de demostrar que poseemos, sin duda tendríamos el mundo entero a nuestros pies y ésta conversación habría sido absolutamente innecesaria, ¿no le parece?

- ¡Entonces devélenme la fuente de información y les creeré!

De inmediato Spritebell a la velocidad de la luz tomó al ministro Johnson de un brazo y ante los ojos de todos los presentes desaparecieron, Spritebell viajó con él interdimensionalmente hasta llegar a la jefatura de procesamientos de información clasificada del pentágono, en ese preciso momento se clasificaban varias informaciones de carácter secreto, pero ellos podían observar y escuchar libremente todo sin que nadie pudiera percatarse de su presencia, de éste modo Spritebell le mostró a Johnson como es que estaban al tanto diariamente de las últimas novedades, ¡al regresar! Spritebell dijo.

- Vamos... ¡adelante Johnson tome el teléfono nuevamente y confirme la información clasificada que acaba de ver y escuchar!... ¡Qué espera tome el teléfono y llame en alta voz, para que todos escuchemos!

Eliot Johnson, tembloroso tomó su teléfono y marcó a la jefatura de procedimientos confidenciales y pidió un reporte de las últimas novedades y le confirmaron a oídos de todos los presentes las mismas novedades que acababa de presenciar junto a Spritebell.

- ¿Satisfecho, señor secretario de defensa?

- ¡Qué cosa son ustedes!

- Soy el Dr. Steve Koch y mi compañero perteneciente a la raza elemental, Spritebell.

- Cuantos más como ustedes existen.

- Nuestro pequeño equipo está formado solo por un integrante más el Dr. Francisco Curiel, el cual espera en recepción a que usted lo invite a pasar.

Eliot Johnson llamó a recepción y pidió que pasaran al Dr. Francisco Curiel.

- ¿Y por qué no entró con ustedes?

- Porque él es un humano... Absolutamente normal.

- Ya veo, ¿y a usted que le pasó?

- Lo mío es una historia un tanto extensa que luego le contaré.

- Bueno creo que ya podemos relajarnos, ¿pueden dejar de apuntarnos con las armas y bajar al personal de seguridad por favor?

- Desde luego. Dijo Spritebell.

En ese preciso momento sonó el teléfono, Eliot Johnson contestó y de inmediato el semblante de su rostro se transformó al escuchar lo que le comunicaban, evidentemente no eran buenas noticias.

- Reportan la pérdida de numerosos cruceros de diferentes líneas navieras del mundo, todos repletos de turistas, han desaparecido misteriosamente... ¿Qué es lo que está pasando?

- ¿No hay un reporte satelital, es posible tener imágenes del momento de las desapariciones? Preguntó Steve Koch.

De inmediato Eliot Johnson se comunicó por teléfono y pidió que habilitaran las imágenes satelitales que Steve Koch solicitó en la sala de juntas.

- Disculpe Dr. Koch, ¿tienen algún indicio de lo que puede estar pasando? Preguntó uno de los ministros de defensa presente.

- Creemos que se trata de un accidente genético que está creciendo con demasiada prisa y según los últimos acontecimientos pretenden apoderarse del mundo. Contestó la pregunta Francisco Curiel, mientras entraba al recinto.

- Dr. Francisco Curiel, supongo. Dijo Eliot Johnson.

- Así es Sr. secretario de defensa.

- Podría ser más explícito Dr. Curiel ¿a qué accidente genético se refiere?

- El Dr. Steve Koch, circunstancialmente fue afectado genéticamente de una manera muy singular... Derivando en una mutación, y convirtiéndose en un ser virtualmente indestructible, además de un gran número de múltiples aptitudes a consecuencia de lo mismo.

- Si ya veo, tengo algo aquí en los reportes de la guardia nacional sobre el Dr. Steve Koch.

- Seguramente en ese reporte aparece también el nombre de Adam Charck como informante, si no me equivoco.

- ¡Es correcto! Dijo Johnson.

- Bien... Adam Charck conservó un tubo de ensayo con sangre de Steve Koch; Charck es un científico que trató de robar un proyecto de Steve Koch, el colegio de científicos lo descubrió y lo destituyó, desafortunadamente Adam Charck terminó trabajando como laboratorista en el hospital donde internaron a Steve Koch después del incidente en Borneo, cuando él descubrió los atributos de la sangre de Steve, sospechamos que creó un suero y se lo inyectó. Dijo Francisco Curiel.

- Bien, de acuerdo a lo que usted me cuenta Dr. Curiel, ¿éste Charck tiene cualidades parecidas a las del Dr. Koch?

- En teoría quizás, pero hay un detalle, Charck hasta darse cuenta de las cualidades de la sangre de Koch, experimentó con una serie de animales.

- ¡Bien, pero eso en que afecta! Exclamó Johnson.

- Presumimos, por informes del hospital del cual escapó, que Charck sufrió de severas y múltiples quemaduras, por lo que al momento de ejecutar las manipulaciones del suero realizado con la sangre de Steve Koch; Adam Charck no pudo titular las muestras que obtenía, por lo que todas se parecían, cuando quiso utilizar el suero en él, se equivocó y se inyectó el suero hibridado con sangre de tiburón... El resultado fue el monstruo que está ocasionando los últimos eventos que ya conoce.

- Si no es molestia caballeros podemos tener una muestra de lo que el Dr. Steve Koch y obviamente Spritebell pueden hacer, tal vez así sepamos a lo que nos enfrentamos.

- No hay problema con mostrarles las capacidades que poseemos, solo un detalle; como expresó el Dr. Curiel somos en virtud indestructibles, pero eso no representa una amenaza para ustedes, estamos para servir y luchar por la paz y la libertad.

- Eso lo determinaremos nosotros Spritebell.

- No es negociable señores ministros, lo que ustedes determinen, nos tiene sin cuidado. Exclamó Spritebell

- ¿Debemos tomarlo como una amenaza?

- Solo tómenlo como una precaución, le aseguro que no nos querrá ver enojados, si intentan privarnos de nuestra libertad, será una muy mala decisión. Concluyó Spritebell.

- No discutamos sobre algo que aún no sucede, estoy seguro que llegaremos a un acuerdo.

- Esperamos lo mismo. Respondió Steve Koch.

- Bien, ¿nos traslademos al campo de prueba? Dijo Johnson.

- ¿De que tratará la prueba, señores ministros? Preguntó Francisco Curiel.

- La prueba será absolutamente impredecible, serán sometidos a hostilidades por parte de diferentes tipos de armas, y bajo plan estratégico por parte de elementos especializados de las fuerzas de aire, mar y tierra.

- Espero, que tengan una muy buena protección ante una eventual réplica. Dijo el Dr. Curiel.

- La verdad, yo también espero que tengan una buena protección por que les van a tirar con lo mejor que tenemos. Expresó Johnson.
- Yo me refería a sus hombres por qué no importa con lo que les tiren, no les harán nada, pero un accidental revés en contra de sus unidades podría poner en riesgo la seguridad de sus soldados.

Eliot Johnson miró a Curiel con un aire de superioridad y esbozó una mueca que se parecía a una sonrisa.

En un terreno del tamaño de un estadio de futbol los dos súper héroes se ubicaron espalda contra espalda esperando la primera prueba, del subsuelo emergieron una serie de armas de diferentes calibres, convencionales pero letales... ¡para una persona común, claro está!

De repente abrieron fuego en forma escalonada de menor a mayor calibre, antes de que algunos de los proyectiles los tocara Spritebell y Steve Koch se protegieron creando un escudo de energía de color plateado transparente, ninguno de los proyectiles logró penetrar el campo de protección, mientras esto sucedía ambos Superhéroes aparecieron en la sala donde se encontraban observando el ejercicio los ministros de defensa, al verlos ahí y al mismo tiempo en el campo de prueba quedaron sumamente sorprendidos, de pronto Steve Koch le dice al Dr. Curiel.

- Francisco, me comentó Spritebell que una vez acabada la prueba debemos volver a Borneo.

- Correcto prepararé todo para la partida.

- ¿Esto es un truco o realmente el alcance de sus capacidades es ilimitado? Preguntó Eliot Johnson.

- ¡Compruébelo usted mismo Sr. Secretario! Exclamó Steve Koch.

- ¿Duda aún, Eliot? Le preguntó Spritebell.

- ¡Es que no puedo asimilar que ustedes estén aquí y afuera al mismo tiempo!

- No se problematice más señor secretario de defensa, esto simplemente es así. Le dijo Spritebell.

- ¿Así?... ¡cómo!

En ese preciso momento aparecieron un grupo de soldados con un cañón ultrasónico listo para disparar, cuando Steve y Spritebell vieron el arma, de inmediato utilizando el poder de multipresencia e invisibilidad se ubicaron exactamente detrás del soldado encargado de accionar el arma, al momento que el soldado recibió la orden apretó el botón de disparo, de inmediato se escuchó el dispositivo acumulador de energía como aumentaba su poder con el típico silbido ascendente, de pronto el dispositivo se apagó causando desconcierto entre los soldados que esperaban el disparo, volvían a accionar el dispositivo y nuevamente se apagaba, claramente se trataba de la intervención de Steve y Spritebell que accionaban el botón de apagado antes de que sucediera el disparo y sin que los soldados pudieran ver ni entender lo que sucedía, el oficial encargado se comunicó con el ministro de defensa Eliot Johnson y le dijó.

- ¡Señor, no comprendo que sucede pero el dispositivo está fallando, se apaga antes de disparar!

- Deme un minuto oficial por favor.

Eliot Johnson de inmediato se dirigió a Steve Koch y le dice.

- Esto no es broma Steve, deje que los soldados accionen el arma.

El silencio de Steve fue interpretado como afirmativo, por lo que Eliot se comunicó con su oficial al mando y ordenó que volvieran a intentarlo, pasado un breve instante finalmente el arma disparó, el impacto no produjo ningún daño como se esperaba, inmediatamente después un helicóptero se posicionó arriba de los superhéroes, cargaba en la parte inferior un disco metálico del cual emanó una poderosa fuerza electromagnética paralizando aparentemente a Steve y a Spritebell, de inmediato aparecieron muchos soldados que traían en sus manos unos dispositivos que soltaban una energía que parecía un látigo con el cual pretendían amarrar a los superhéroes, su sorpresa fue que cuando intentaron someterlos, los látigos de energía acusaban la inexistencia de elemento sólido, esto desconcertó completamente a los oficiales a cargo, ellos podían ver a Steve Koch y Spritebell dentro del flujo de energía electromagnética pero no era posible asirlos, por lo que nuevamente pidieron instrucciones al respecto.

- Señor tenemos una situación inesperada, los nodos electromagnéticos acusan la inexistencia de cuerpos, pero nosotros vemos que están ahí.

- Eso no es posible si usted está viendo que están ahí, es imposible que no haya cuerpos, así que intente nuevamente.

- ¡Entendido señor!

El oficial ejecutó la orden de inmediato pero el resultado fue el mismo, los ministros que observaban atónitos a través de las ventanas optaron por preguntar al Dr. Curiel.

- ¿Es otro truco esto, Curiel?

- Nada de lo que sucedió hasta ahora fue un truco Sr. Secretario, comprenda que son seres que tienen el poder de cambiar la velocidad de sus moléculas, por lo que la densidad de su cuerpo es adaptable a las circunstancias.

- ¿Me está diciendo que ellos pueden hacerse incorpóreos cuando ellos lo decidan?

- No se lo estoy diciendo, se lo estoy afirmando, nada los podrá lastimar, ni detener.

- Entonces... ¿Su confirmación Dr. Curiel, estaría determinando que los autores de los robos tienen poderes similares?

- No podemos afirmar eso Sr. Secretario porque desconocemos aun la completa naturaleza de sus cuerpos, pero sospechamos que Adam Charck no actúa solo.

- Bueno eso también creemos nosotros Dr. Curiel, pero...

- Pienso que ya es suficiente Sr. Secretario tenemos cosas muy urgentes que hacer para tratar de detener a los agresores, ¿nos podemos retirar? Preguntó Spritebell.

- ¿Acaso podría detenerlos si dijera que no?... Desde luego que pueden retirarse, pero deben mantenernos informados... Por favor.

- Cuente con ello Sr. Secretario. Respondió Spritebell

Casi instantáneamente Spritebell, Steve Koch y Francisco Curiel estaban de regreso en Borneo.

- Tengo información clave. Dijo Steve.

- ¿Información?

- Así es Spritebell, mientras estábamos con los ministros de defensa una parte de mí se fue al departamento de comunicaciones, entré al sistema de satélites.

- ¿Qué encontraste?

- En las imágenes del satélite no existe ninguna evidencia de los robos de los navíos, pero por un instante en las imágenes grabadas me pareció ver una parte del barco y luego desapareció.

- ¡Bien y que con eso!...Preguntó el Dr. Curiel.

- Estudié la imagen por medio de un decodificador espectral y efectivamente, se trataba de la proa de un portaviones. Dijo Steve Koch.

- Ya comprendo, están utilizando algún dispositivo que desvía la señal original de retorno al satélite, el barco jamás aparecerá en los reportes de imagen del satélite, porque seguramente el dispositivo elimina la imagen real reemplazándola por una falsa, para que veamos lo que ellos quieren que veamos.

- Algo así Spritebell, pero escuchen esto, seguí al pequeño punto que dejaron descubierto y ya encontré el lugar donde tienen al parecer su base.

- ¿Bueno y que esperas? ¡Dilo ya! Dijo expectante Francisco curiel.

- Vaeroy... la Isla Polar. Dijo Steve Koch.

- ¿Bueno y eso en que parte del mundo está? Preguntó Spritebell.

- Forma parte del archipiélago Lofoten en Noruega, a pesar que está muy cerca del polo norte en esa isla jamás baja la temperatura debajo de cero, es un grupo de montañas rocosas en forma de U acordonada por arrecifes. Dijo Steve Koch.

- Bien tenemos que ir no perdamos más tiempo, la seguridad del mundo está en juego. Comentó Francisco Curiel.

- ¿Avisaremos a los ministros de defensa lo que descubriste o ésta vez actuaremos solos? Preguntó Spritebell.

- ¿Tú qué crees?... Dijo Steve Koch

La partida hacia la isla polar fue casi instantánea, Francisco Curiel alcanzó a preparar algunas cosas personales y todos partieron de inmediato, una vez en el lugar, investigaron entre los habitantes si se produjeron actividades inusuales de alguna clase en los últimos días en la isla, de acuerdo a los reportes no lograron encontrar nada importante solo tenían la ubicación que Steve lograra encontrar por medio del seguimiento satelital, de pronto en un viejo muelle de la isla encontraron a un veterano pescador, al entrevistarlo les dijo que en un extremo de la isla, desde hace algún tiempo comenzaron a observar el flujo de grandes burbujas de aire que emergían del fondo del mar, comentó un tanto disgustado, porque según él eso estaba ahuyentando a los peces y en esa zona ya no se podía pescar, el comentario del pescador les dio al menos un indicio de algo inusual, por lo que de inmediato decidieron iniciar una investigación.

- Spritebell, tu vendrás conmigo; Francisco una vez que nosotros ingresemos a las profundidades del mar, regresas a la costa con el bote, no sabemos con qué nos encontraremos y no quisiera que te expusieras quedándote en las cercanías. Dijo Steve Koch.

- Está bien así lo haré. Respondió el Dr. Curiel

- ¿Steve, sólo será una misión de reconocimiento? Preguntó Spritebell.

- Sólo observaremos... Veremos cuantos son y cómo actúan, que tanto poder poseen y cuáles son sus debilidades.

- Y también averiguar quién está detrás de Adam Charck. Agregó Curiel.

- ¿A qué te refieres? Dijo Spritebell.

- Dudo mucho que Charck esté actuando solo, hay una mente más aguda detrás de todo esto.

- ¿Qué te hace pensar que es así Francisco?
Preguntó Steve Koch.

- La idea de desmantelar el sistema de defensa internacional solo tiene una sola finalidad... Apoderarse del mundo, y Charck es ambicioso pero no tanto, esto no es idea de él.

- Tal vez tengas razón... Andado. Terminó diciendo Steve Koch.

De inmediato echaron a andar el motor del pequeño bote que rentaron y se dirigieron a la zona que les indicara el pescador, tras una corta travesía encontraron el lugar donde emergía una larga línea de burbujas de aire que provenía de lo profundo del mar, dispuestos a investigar de que se trataba Steve Koch y Spritebell salieron de la lancha y comenzaron a caminar sobre el agua, luego se elevaron unos cuantos metros sobre la superficie y se clavaron con rumbo a la profundidad del océano, mientras Francisco Curiel se alejaba en su embarcación hacia la costa.

Lentamente Steve Koch y Spritebell siguiendo las burbujas que emergían del lecho marino descendieron hasta alcanzar el fondo, para su sorpresa encontraron grandes ductos que terminaban en gigantescos filtros por donde escapaba el aire contenido en el interior de los ductos, era evidente que se trataba de un procesador de oxígeno a gran escala, les llamó mucho la atención y decidieron seguir la gigantesca tubería hasta ver de dónde provenía, en la medida que se acercaban a la costa la gran tubería de pronto tomó rumbo hacia abajo a través de un agujero practicado en el lecho marino, Steve y Spritebell se miraron sorprendidos, Steve Koch hizo señas de que continuaran, estaba decidido a determinar hasta donde llegaban los ductos, luego de descender varias yardas de repente se encontraron con una barrera de energía que impedía que nada descendiera más abajo, pero se veía que las tuberías continuaban descendiendo, el problema era que si penetraban la barrera de energía, eso los delataría, por lo que decididos a descubrir el origen de los ductos, voluntariamente activaron sus moléculas dándoles más velocidad; se volvieron luminosos y etéreos lo que les permitió penetrar la pared de tierra del fondo marino y salir por debajo de las barras de energía que impedían su paso, de ese modo continuaron descendiendo a un lado de los gigantescos ductos, hasta que de pronto un poco más abajo, se abrió el panorama ante sus ojos de una descomunal estructura, prácticamente se trataba de una ciudad construida debajo de la isla, en la medida que continuaron bajando, observaron que la fortaleza estaba dividida en varios niveles en los cuales se realizaban tareas diversas y los gigantescos hangares servían para contener a los portaviones y submarinos desaparecidos... Había llegado el momento de actuar, aumentando aún más la velocidad de sus moléculas prácticamente Steve Koch y Spritebell se volvieron invisibles, penetraron la gruesa pared transparente de cristal y se introdujeron en la ciudad submarina; a gran velocidad comenzaron un rápido reconocimiento de las instalaciones en busca de información relevante, y desde luego también en busca de Adam Charck, nivel por nivel fueron investigando hasta que llegaron al último hangar, en lo más profundo de la fortaleza submarina se encontraron con algo que no esperaban; descubrieron una gigantesca construcción, una rueda móvil que giraba alrededor de un centro fijo, el cual descendía hacia un abismo por medio de un tubo hecho de material transparente cristalino que parecía no tener fin, a través de ese tubo en períodos alternativos de pocos minutos ascendía una substancia parecida al magma, era como una lava incandescente que llegaba hasta el núcleo, permanecía en él y nunca bajaba,... de pronto Spritebell dijo.

- ¡Esto no está bien!

- ¿Qué es lo que no está bien?... Preguntó Steve.

- ¡Este artefacto es un puente interdimensional!

- ¡Spritebell!, eso que dices no existe.

-¡Claro que existe y lo estás viendo ahora!

- ¿Y cómo sabes tú de esto? Dijo Steve Koch.

- Mi abuelo se llamaba Doto y era un soldado de alto rango que pertenecía a los ejércitos de tierra del consejo de seres mágicos, él me contó de la existencia de éste aparato.

- ¿Bien y te dijo para que lo utilizaban?

- Si, a través de la energía magnética del centro de la tierra lograban conectar el inframundo con Malkuth.

- ¿Y qué es Malkuth? Preguntó Steve Koch.

- ¡La Tierra, es Malkuth! ... Dijo Spritebell.

- ¿Ah bien, no sabía que ustedes llamaban a nuestro planeta así,... y dime qué más sabes al respecto?

- En esa oportunidad por casualidad descubrieron la existencia de ese portal, lo encontraron dentro del macizo de piedra de la montaña de San Gotardo, en el paso del diablo en el límite de Suiza con el norte de Italia; una organización de brujos negros abrió el portal del inframundo, con el fin de pasar a ángeles caídos para que les ayudaran a apoderarse del mundo.

- ¿Que son los ángeles caídos? Preguntó Steve.

- Son seres que participaron en la rebelión contra el creador y fueron vencidos, posteriormente quedaron confinados al inframundo, son seres acéfalos y caóticos.

- ¡Spritebell te estoy escuchando... Pero no te entiendo nada! ¿Dime los podemos vencer o no?

- Yo jamás me enfrenté a uno de ellos Steve, lo que sí sé es que para vencerlos en esa oportunidad se precisó de la presencia de Metatrones, sólo con su ayuda los dominaron.

- Muy bien, ¡aquí voy de nuevo! ¿Qué son los Metatrones?... Preguntó Steve Koch.

- Los Metatrones son Arcángeles que pertenecen al grupo de ángeles que custodian el trono del Creador. Dijo Spritebell.

- En síntesis, al parecer estamos hablando de la fuerza más poderosa del universo visible e invisible, ¿es así?

- Así es, Steve.

- ¿Entonces Spritebell qué oportunidad...

Tendremos nosotros?

- Mucha, los humanos son los únicos seres que poseen la chispa divina, una minúscula partícula del Creador vive en ustedes, si hay alguien que pueda vencer a estos ángeles caídos, eres tú Steve.

- ¿La chispa divina?... ¡Pero eso es un mito nadie ha podido comprobarlo!

- No es un mito Steve, tú eres la mayor prueba de que existe amigo mío, de lo contrario cuando mi luz te devolvió la vida, con qué otra cosa se podía unir que no fuera la chispa divina, la única luz que poseen los seres hechos de barro como ustedes los humanos, es esa.

- Bien suponiendo que esto sea así, no sabemos nada de sus poderes ¡cómo los enfrentaremos!

- Steve tú eres la unión entre dos naturalezas y a través de mí la fuerza de todos los seres mágicos te asisten, y a través de la chispa divina todas las fuerzas angelicales te asistirán, así que no temas.

- Bueno, como sea ya estamos aquí, así que vamos a entrar, veremos que encontramos. Dijo Steve.

- ¡Entremos! Dijo Spritebell.

Minuciosamente fueron registrando a cada paso todos los detalles del desconocido artefacto al cual Spritebell le llamó puente interdimensional, preocupados por no saber ciertamente a que se enfrentarían, cada movimiento era muy bien calculado para evitarse sorpresas; en la medida que avanzaban hacia el interior comenzaron a escuchar voces, un diálogo entre dos personas, pero particularmente una de las voces no sonaba normal, tenía un tono demasiado grave casi gutural, ellos continuaron acercándose hasta que finalmente entraron en una cabina que conectaba a un gigantesco ventanal a través del cual se podía observar un inmenso túnel de energía, parecía un enorme embudo rojo, en el borde del túnel estaba parado uciatán; al verlo Steve Koch y Spritebell se sorprendieron sobre manera, no lograban identificar quien era la otra persona que estaba de espaldas a ellos manejando los controles de la cabina con quien hablaba uciatán, de pronto la persona giró hacia ellos para activar uno de los artefactos que tenía a sus espaldas y fue entonces que Steve Koch reconoció a Adam Charck, se sorprendió al verlo completamente distinto, sus facciones estaban absolutamente alteradas, era casi otra persona muy distinta a la que Steve conocía, uciatán comenzó a darle coordenadas que Adam Charck ingresaba al sistema de la computadora que comandaba al gigantesco puente interdimensional, una vez completada la operación, la energía que subía por el tubo de cristal que estaba conectado a lo profundo del planeta se estabilizó quedando estática, y formando un puente sólido entre la cabina y el túnel de energía donde estaba parado uciatán, base sobre la cual comenzó a caminar y de ese modo logró entrar a esta dimensión, una vez frente a Charck se miraron fijamente por un instante, luego uciatán le dijo.

- Lo hiciste bien, todo marcha según el plan, ahora es preciso preparar a mis soldados para el cruce a esta dimensión.

- Pensé, que todo lo haríamos con el personal híbrido que creamos con el suero de mi sangre. Dijo Adam Charck.

- Eso es correcto Adam, pero Spritebell y Steve Koch no se quedarán de brazos cruzados, buscarán detenernos.

- ¿Crees que podrán ellos solos, contra todas nuestras fuerzas?

- Veo que desconoces el real poderío de esos dos, subestimarlos significaría tu fin Charck y el de nuestros planes, infiltraré a mis soldados entre los tuyos, no tenemos otra opción.

- ¿Entonces, qué quieres que haga ahora? Preguntó Charck.

- Consolida el puente interdimensional para que quede abierto permanentemente, yo vendré con mis mejores soldados para comenzar las primeras operaciones de conquista.

Steve Koch y Spritebell al escuchar todo cuanto planeaban uciatán y Adam Charck, decidieron que era hora de detenerlos de inmediato, pero en el momento que iban a materializarse para enfrentarlos... Una mano se posó en el hombro de cada uno de ellos, eso los sorprendió y dispuestos a pelear se dieron vuelta con intenciones de atacar pero al girar no vieron a nadie, el hecho los sorprendió sobre manera, ¡cómo era posible que alguien pudiera tocarlos estando ellos en máxima vibración molecular! "eso era imposible", sorprendidos ambos se miraron desconcertados, pero de pronto frente a ellos poco a poco comenzó a manifestarse la majestuosidad de un ser alado y luminoso, el cual les indicó con señas que lo siguieran, una vez fuera del puente interdimensional se comunicó a nivel mental con ellos, se presentó como URIEL... EL MEDIADOR y continuó diciéndoles.

- Sé que sus intenciones son buenas, pero no es el momento todavía.
- ¿Qué cosa eres tú, porque tienes el poder de desmaterializarte? Preguntó Spritebell.

- Los que poseen ese poder de desmaterialización son ustedes, este es mi estado natural, la materialización es un poder que si poseo.

- Sorprendente, solo tenía el conocimiento de una sola clase de seres con las características que tienes tú, pero jamás había visto a uno. Comentó Spritebell.

- ¿Si, y cuáles son? Preguntó Steve Koch.

- Soy un Arcángel, fui enviado por el Creador para mediar entre el inframundo y el resto de los seres vivos.

- ¿Un Arcángel como de los que escriben en los libros? Dijo asombrado Steve Koch.

- Así es Steve... A Spritebell lo conozco, sé de donde viene, ¿pero cómo es que tú siendo humano posees estos poderes?

- ¡Es una historia larga que tiene que ver conmigo!, pero luego te contaré. Respondió Spritebell adelantándose a Steve.

Inmediatamente el Mediador posó su mano sobre el hombro de Steve Koch y como si fuera una película, en cuestión de segundos pasó todo lo sucedido entre Spritebell y Steve Koch ante sus ojos, luego dijo.

- No hace falta Spritebell, acabo de verlo todo.

- ¿Pero por qué no podemos todavía detener a uciatán y a Charck? Preguntó Steve Koch.

- Porque debemos desalojar a los habitantes de la isla primero, no debemos involucrarlos en esto y a pesar de que ustedes son a nivel físico virtualmente indestructibles, están a punto de enfrentarse a otro tipo de poderes, para los cuales no están preparados.

- ¿Otro tipo de poderes? ¡A que te refieres!

- Spritebell estos seres son ángeles caídos y se aprovecharán de cualquier debilidad de sus espíritus para destruirlos, en otras palabras la lucha no será limpia.

- ¡No comprendo, a que te refieres con que no será limpia! Dijo Steve.

- Ustedes son seres en evolución, eso significa que interiormente a nivel espiritual no son perfectos e invulnerables, como es el caso de sus cuerpos, eso les da a ellos la ventaja de aprovechar sus debilidades espirituales para destruirlos por dentro. Dijo el Mediador.

- ¡Comprendo!...Lo que intentas decirnos es que a través de nuestras debilidades espirituales, ellos podrían adueñarse de nuestra voluntad, ¿Es correcto?

- Veo que comprendiste muy bien Spritebell.

- ¿Adueñarse de mi voluntad? ¡Nadie puede adueñarse de mi voluntad si yo no quiero!

- Bueno, eso es correcto Spritebell, pero precisamente en eso es que se especializan ellos, pueden ver tus debilidades, algunas de las cuales ni siquiera tienes conciencia de que existen en ti y ahí te atacarán.

- ¡Viéndolo desde ese punto de vista, es más comprensible! Interrumpió Steve Koch.

- Sería sumamente delicado el que ustedes terminaran en su poder, porque ellos aprovecharían sus cualidades y las utilizarían en contra de los que defendemos la luz.

- ¿Entonces estas sugiriendo que nos retiremos? Dijo Spritebell.

- No, sería más peligroso aun porque los buscarían hasta encontrarlos, deberán pelear, pero bajo mi protección.

- ¿En qué consiste esa protección? Preguntó Steve.

- Permanecerán siempre dentro del campo de luz que me protege, por ningún motivo podrán salirse de mi entorno, pelearemos espalda contra espalda nos apoyaremos mutuamente.

- Entendido, ahora que sigue. Dijo Spritebell.

- Ahora sacaremos a todas las personas de la isla.
Comentó el Mediador.

- Steve, creo que vas a tener que comunicarte con el ministerio de defensa y que ellos se encarguen. Dijo Spritebell.

- No, no sería buena idea, en cuanto se percaten de la presencia de las naves evacuando a las personas, sabrán que fueron descubiertos y de que estamos aquí, además serían presa fácil para Charck y su ejército. Dijo el Mediador.

- ¡Entonces, como piensa sacar a toda esta gente de aquí!
- Será un trabajo minucioso Steve, iremos con rapidez casa por casa, sin causar desorden y utilizando nuestros poderes de transportación interdimensional, sacaremos una a una las familias de la isla.

- ¿A dónde los llevaremos?

- A Oslo Spritebell, será lo mejor.

- ¡Pero, son alrededor de 25000 personas!

- ¡No temas Steve, lo lograremos!

La noche caía cubriéndolo todo y el típico murmullo de los animales antes de dormir se comenzaba a escuchar, cuando iniciaron las labores de evacuación de la población, en una sola noche sacaron a todas las personas de la isla, todo estaba listo para enfrentar a las fuerzas de Charck, pero se presentó un imprevisto, al amanecer el horizonte comenzó a cambiar de color al observar la aparición de naves pertenecientes a la flota de los países aliados, prácticamente rodearon la isla Polar.

- Parece que tendremos visitas. Exclamó el Mediador.

- ¡Cómo pudieron encontrarnos!

- ¡Creo que siguieron tus pasos Steve! pienso que fue a través de la búsqueda satelital que hiciste.

- ¡Es probable! Asintió Steve.

- ¡Esto representa un problema, no podremos proteger a tantas naves al mismo tiempo! esos barcos son totalmente vulnerables y Charck los utilizará en nuestra contra, ¡ellos no tendrían que estar aquí! Dijo el Mediador.

- Lo mejor será ir con Eliot Johnson y pedirle que saque a sus barcos de aquí.

- Yo personalmente lo haré, ¡espero que me escuche! Comentó Steve Koch.

- Steve, ¡tienes que hacerle entender y sacar los barcos de aquí inmediatamente, no está en discusión, lo tiene que hacer si no quiere ser el responsable por la pérdida de todas las naves y sus tripulantes! Le pidió el Mediador a Steve Koch.

Mientras en la fortaleza submarina de Adam Charck.

- ¡Un momento! percibo alrededor de mi boca actividad sensorial, algo se acerca a la isla y es de gran tamaño, alerten a todos los soldados, ¡de prisa! Exclamó Adam Charck.

Desafortunadamente Adam Charck ya se dio cuenta de la presencia de los barcos de la alianza internacional y atacará sin pérdida de tiempo, sabe que son un blanco fácil, lo difícil será como harán Spritebell, Steve Koch y el Mediador para defender cada nave, si Steve no logra convencer a Eliot Johnson de que saque de inmediato sus naves de la zona.

Pasaron breves minutos y aun Steve Koch no regresa, preocupado el Mediador dijo.

- ¡No hay novedades de Steve!, tendré que actuar, tenemos que adelantarnos a Charck, en este momento seguramente él ya está enterado de la presencia de los barcos y sin duda su ataque es inminente.

- ¿Qué piensas hacer?

- Sígueme Spritebell, tendrás que ayudarme a crear una barrera.

- ¿Una barrera?

- Formaré un círculo energético entre la isla y los barcos, pero te necesito en el otro polo para mantener el flujo de energía.
- ¿Crearas una barrera de poder para que no puedan pasar?

- No exactamente Spritebell, lo que haré será separar las aguas del océano, para crear un espacio seco en el lecho marino, de este modo las fuerzas de Charck no podrán pasar y atacar a la flota, para eso necesito crear un campo de energía.

- Bien, en marcha.

De inmediato el Mediador y Spritebell se elevaron y como un rayo surcaron el cielo hasta colocarse a una distancia media entre los barcos de la alianza internacional y la isla Polar.

- Bien Spritebell, ahora te ubicarás exactamente en este mismo punto pero del otro lado de la isla y esperarás el flujo de energía que te enviaré, llegará a ti por la izquierda y tú lo regresarás a mí por tu derecha ¿entendido?

- ¡Entendido! Dijo Spritebell.

De inmediato Spritebell se posicionó suspendido varios metros por encima de las aguas del océano, como le pidiera el Mediador que hiciera y en el lugar fijado, casi instantáneamente por el lado izquierdo llegó un flujo gigantesco de energía, el cual se introdujo en Spritebell a través de la mano izquierda y salió por su mano derecha, el flujo de energía continuó su curso hasta que cerró el círculo introduciéndose en la mano izquierda del

Mediador, de pronto debajo de Spritebell las aguas comenzaron a girar hasta que alcanzaron una velocidad vertiginosa, poco a poco fue creándose un canal de agua muy ancho, que segundo a segundo se sumía cada vez más, hasta que al cabo de casi un minuto de tiempo se formó un abismo que separaba una pared de agua de la otra, al fondo de todo se podía divisar una vasta extensión de arena que dividía a ambas paredes de agua, los soldados de Charck que se dirigían por debajo del agua rumbo a las naves de los países aliados con claras intenciones de apoderarse de ellas, no tardaron en comenzar a impactarse a gran velocidad contra el muro de agua que daba a la Isla Polar; mientras tanto, Steve Koch reunido con Eliot Johnson y el consejo de países aliados, discutían la retirada de las naves aliadas de la zona de conflicto.

- No me puedes pedir que retire las naves de la zona Steve, es mi deber proteger a los habitantes de la isla.

- Señor secretario, en la isla ya no queda ningún habitante, nosotros evacuamos a toda la gente anoche.

- Verdaderamente Steve estoy muy molesto con ustedes, descubren la guarida de nuestros enemigos pero no comparten información con nosotros, luego se toman atribuciones sin consultarnos nada, ¡evacúan a toda una isla y apenas me estoy enterando! como crees que nos sentimos ante esta actitud por parte de ustedes.

- Señores, es importante que comprendan que todos estamos del mismo lado, no somos sus enemigos, pero también deben comprender que no estamos en este momento por enfrentarnos a fuerzas convencionales.

- Estamos completamente de acuerdo con eso, pero que impide que nos mantengan informados al respecto. Dijo Eliot Johnson.

- La velocidad en que se desarrollan las investigaciones requieren medidas inmediatas, por ejemplo, este tiempo que estoy invirtiendo en convencerlos a ustedes de retirar sus naves de la zona de conflicto, podría resultar mortal para todos sus tripulantes, ¡casi no hay tiempo de informar nada a nadie!

- Explícate Steve, a que te refieres.

- Descubrimos que el ejército de Adam Charck, está formado por híbridos escualoides, que poseen ciertos atributos propios de los elementales, como por ejemplo atravesar las paredes.

- ¿Y qué con eso? Preguntó Eliot Johnson.

- Se desplazan en el agua a gran velocidad y logran someter a la tripulación introduciéndose por debajo, atravesando el casco de las naves.

Al escuchar el comentario de Steve todos se quedaron mudos, no sabían cómo resolver la situación.

- ¿Ahora comprenden porque tienen que sacar a sus hombres de la zona de conflicto? Dijo Steve Koch.

De pronto sonó el teléfono, contestó Eliot Johnson, luego de una breve conversación colgó la llamada y dijo.

- Me informan que al parecer su amigo, separó las aguas del océano entre la isla Polar y nuestras naves.

- Seguramente fue una idea del Mediador.

- ¿El Mediador y quien es el Mediador? Preguntó Eliot Johnson.

- Es alguien sobre el cual no puedo darles información por ahora, pero debo marcharme, seguramente necesitan mi ayuda, confío en su buen juicio, retiren sus naves. Dijo Steve.

Pero en la zona de conflicto las cosas se complicaban, Adam Charck hace emerger a través de siete gigantescas burbujas algunos de los portaviones secuestrados más poderosos del mundo, a los cuales tenía sumergidos en su fortaleza submarina, con la intención de atacar por aire a las naves aliadas ya que el Mediador y Spritebell le quitaron la posibilidad de atacar por debajo del agua; inmediatamente se alinearon varios aviones y drones para despegar de las plataformas de los portaviones, con claras intenciones de atacar a las naves aliadas, minutos después Adam Charck dio orden de lanzar un primer ataque a las naves de los aliados, el cual fue repelido con fuego antiaéreo.

De inmediato también desde los portaviones que forman parte de la armada internacional despegaron aviones y drones con el fin de enfrentarse a sus agresores en el aire, de pronto se les sumó Steve Koch, quien se desplazaba a una velocidad mucho mayor a la de los aviones, logró derribar muchos objetivos enemigos en poco tiempo, mientras por medio del teléfono satelital que llevaba en su oído derecho, se comunicó con los ministros de defensa internacionales para pedirle que saquen urgentemente sus naves de la zona de conflicto.

- Eliot soy Steve, estamos bajo fuego enemigo, estoy haciendo todo lo posible por neutralizar sus ataques pero son demasiadas naves que defender aun para nosotros, tiene que dar la orden de retirada de inmediato.

- ¿Qué tipo de ataque están recibiendo, aéreo o marítimo?

- Sólo aéreo por el momento, porque la barrera marítima que crearon Spritebell y el Mediador por ahora nos protegen, pero eso en cualquier momento puede ser franqueado y si eso llega a pasar, todas las naves con su tripulación se perderán, saque inmediatamente las naves de la zona de conflicto por favor Eliot.

Efectivamente, franquear la barrera marítima es bastante posible, los soldados de uciatán disfrazados de híbridos ya penetraron la barrera de agua que da a la Isla Polar; luego comenzaron a girar a gran velocidad sobre la parte seca del lecho marino en sentido contrario al flujo de energía producida por el Mediador, este acto por parte de los soldados de uciatán comenzó a restar fuerza al flujo energético que mantenía estable las paredes de agua, por lo que en el fondo comenzaron a juntarse las aguas, cuando las aguas sean lo suficientemente profundas como para nadar, los híbridos de Adam Charck podrán pasar y atacarán a discreción a las naves aliadas.

Steve Koch se acercó al Mediador y preguntó.

- ¿Cómo va todo?

- No creo que podamos retenerlos por más tiempo, ¡observa! los soldados de uciatán ya están contrarrestando la fuerza del flujo energético y las aguas poco a poco han comenzado a unirse en el fondo, cuando alcancen el nivel en el que ellos puedan nadar, pasarán y nada los detendrá.

- Iré a detenerlos. Dijo Steve Koch.

- No puedes enfrentarte a ellos, si no es bajo la protección del campo de luz que me cubre, y por ahora no te puedo asistir. Dijo el Mediador.

- Tienes razón se me olvidaba, ¡entonces qué haremos!

- Resistir hasta donde podamos; entra dentro del circulo de energía, ayudará a que pueda mover el flujo con más velocidad, así las aguas tardarán más tiempo en elevar su nivel.
Dijo el Mediador.

Steve Koch rápidamente se unió al flujo de energía que mantenía activo el Mediador y Spritebell, al aumentar la velocidad del flujo energético los soldados de uciatán tenían mucho más trabajo para lograr que las aguas se uniesen en el fondo del océano, luego de una larga lucha de fuerzas, los soldados de uciatán optaron por pedir ayuda a sus compañeros, aumentando el número de soldados que ayudaban a contrarrestar energía, visiblemente comenzó a subir el nivel del agua en el fondo del océano, lento pero constante, desesperadamente Spritebell, el Mediador y Steve Koch redoblaban esfuerzos con el fin de mantener estable la barrera de agua, pero parece que será imposible sostenerla por más tiempo, una gran incertidumbre invadió a los tres paladines, sentían que estaban siendo vencidos, y que si la barrera de agua finalmente caía, sería casi imposible proteger a todas las naves del ataque de los híbridos de Adam Charck. De pronto, una completa quietud precedió al instante en que el nivel del agua en el fondo del océano se hizo lo suficientemente alto como para que comenzaran a cruzar a gran velocidad los híbridos rumbo a las naves aliadas, de inmediato el Mediador suspendió el flujo de energía, el estruendo de las paredes de agua al caer fue colosal, la inmensa masa de fluido provocó un torbellino submarino que apabulló el paso de los híbridos, eso les dio un poco de tiempo, y casi instantáneamente se desplazaron los tres paladines rumbo al sitio donde se encontraban las naves aliadas...

De pronto se detuvieron suspendidos a varios metros de altura sobre el agua y Steve Koch dijo.

- ¡Bueno esto sí es una grata sorpresa!

- ¿A qué te refieres? Preguntó el Mediador.

- Al Parecer Eliot Johnson, entró en razón.

- ¿Por qué lo dices? Preguntó, Spritebell esta vez.

- ¡Porque este es el sitio donde deberían de estar las naves aliadas y como ven, ya no hay nadie!

- ¡Vaya sí que movieron rápido los barcos, parece que llevaban prisa! Comentó Spritebell.

- Comienzo a darme cuenta cómo piensa Eliot Johnson y los ministros de la alianza, al parecer no se quedarán quietos y querrán intervenir en cada acción que tomemos. Comentó Steve Koch.

- ¡Si lo hacen, será un suicidio!

- Ya lo sabemos Spritebell, pero aun así lo harán por lo que me temo tendremos que idear una protección que vuelva impenetrable el casco de los barcos de la alianza, los híbridos de Adam Charck irán confiados pensando que pueden fácilmente invadir las naves y se llevarán una sorpresa...

- ¿Tienes alguna idea al respecto Spritebell?

- Déjame pensar Steve, ¿Algo que proteja el casco de los barcos?... ¡Mmm!

- Podríamos crear una puerta falsa. Propuso el Mediador.

- ¡Una puerta falsa, Mmm...! Comentó confundido Spritebell.

- Explícate, ¿cómo la haríamos? Preguntó Steve Koch.

- Cubriríamos los cascos de los barcos, con el metal más denso existente a nivel físico.

- Con iridio... Eso sería muy costoso, el iridio y el osmio son los metales más densos, pero también entre los más raros, por lo que los hace muy costosos, sería muy difícil costear una protección así para todos los barcos. Comentó Steve Koch al escuchar la propuesta del Mediador.

- ¡Cualquier metal! con que detenga ondas de baja frecuencia de nivel gama y que podamos poner por dentro del casco del barco sin que se note, será suficiente. Propuso el Mediador.
- Bien, para eso bastaría con una cubierta de plomo eso sería más que suficiente y barato. Respondió Steve Koch.

- También tendremos que colocar un dispositivo de emisión de ondas de baja frecuencia, eso les causará la misma sensación que se siente al atravesar el casco, pero al chocar con la pared de plomo regresarán al mismo lugar de donde vinieron, la confusión de no saber que sucede los llevará a intentarlo una y otra vez sin éxito. Explicó el Mediador.

- Esa sería una excelente oportunidad para capturarlos, ¿no les parece?

- Quizás tenga razón Dr. Koch, en su momento lo veremos, por ahora sugiero que partamos rápidamente a solucionar este problema, para evitar pérdidas mayores. Dijo el Mediador.

De inmediato se planteó la solución ante el consejo de líderes mundiales, la cual fue aceptada y ejecutada rápidamente con la ayuda de los tres paladines... Ya las naves ahora cuentan con la protección adecuada.

Al día siguiente mientras Steve Koch y Spritebell afinaban estrategias en las oficinas de Eliot Johnson, de pronto en la pantalla del televisor que se encontraba encendido en la sala, se dio a conocer una novedad que dejó perplejos a todos... El mensaje portaba la más ambiciosa amenaza a nivel global, siete portaviones de las fuerzas ofensivas de Charck estaban posicionados frente a las costas de las ciudades más importantes de siete países aliados de mayor poderío mundial y amenazaban con disparar misiles nucleares, en el caso de no acceder a una rendición inmediata e incondicional por parte de todos los gobiernos influyentes del mundo en un plazo de 24 (veinticuatro) horas.

- ¡Esto es una mentira de Charck! Nadie puede disparar un misil nuclear, sin la ejecución del protocolo de seguridad nuclear. Dijo Eliot Johnson.

- Por lo que veo Charck está dispuesto a todo con el fin de conseguir sus objetivos. Dijo Steve Koch.

- Me preocupa la posibilidad de que ellos hayan empleado sus poderes de desmaterialización, para descifrar el código de seguridad nuclear, tal como lo hicimos nosotros. Dijo Spritebell.

- ¡Tiene razón Spritebell! estamos frente a una posibilidad absolutamente real. Dijo Eliot Johnson.

- Bien no correremos riesgos, resolveremos esto de inmediato. Dijo Steve Koch.

- ¿De qué manera lo haremos Steve? Preguntó Spritebell.

- Dos llaves están en poder de dos generales de distintas fuerzas militares, y sólo cuando simultáneamente ellos activen esas llaves estará habilitada la caja de seguridad nuclear, ¿es así? Dijo Steve Koch.

- Es correcto. Dijo Eliot Johnson.

- Bien, ¿entonces suponiendo que yo fuera y hurtara las llaves a los dos generales y las activara, al conocer el código de la caja de seguridad puedo ingresar ese código al lector de la computadora del misil y ejecutar el disparo desde el barco? Preguntó Steve Koch.

- Eso es posible, al momento que se ingresa el código a la computadora del misil el botón de disparo del misil se convierte en el comando general, es como si yo lo disparara desde aquí. Dijo Eliot Johnson.

En ese momento se materializó el Mediador frente a todos y les dijo.

- Bien tendremos que sellar la sala de información confidencial del mismo modo en que sellamos los cascos de los barcos, así nadie podrá penetrar en los archivos secretos, luego cambiaremos el código de seguridad nuclear, seguramente Charck enviará a sus soldados a que hurten las llaves y las activen pero cuando ingrese el código de seguridad nuclear no funcionará, porque la información que el tendrá ya será incompatible... Para entonces nosotros ya habremos entrado al nivel 10 (diez) de su fortaleza en la Isla Polar y destruiremos el puente interdimensional, de ese modo uciatán no seguirá sumando fuerzas, luego tendremos que actuar lo más rápido posible y someter a cada portaviones, porque si no me equivoco Charck cuando vea que su plan no funcionó, optará por lanzar un ataque a lugares estratégicos de cada nación amenazada, pero ahora con armas convencionales, con el fin de obligarnos a que cumplamos con sus exigencias.

- ¿Steve, quién es él?

Preguntó sorprendido Eliot Johnson, al ver por primera vez al Mediador.

- Él es el Mediador.

- ¡Oh, usted es quien separó las aguas del océano!, ¿alguien me podría explicar qué o quién es el Mediador, digo si no es mucha molestia?

- Soy un Metatrón, asignado por el Creador para mediar entre los seres del inframundo y demás mundos, mi presencia se debe a que se infiltraron ángeles caídos en este plano de existencia y sus intenciones son apoderarse de la tierra, por lo que como usted puede ver, están utilizando a Charck para ese fin.

- ¿En pocas palabras me quiere decir que usted es un Arcángel o algo así?

- ¡No se lo estoy diciendo, se lo estoy afirmando!

- ¡Bueno! de pronto me siento como si el mundo se hubiera convertido en un comic... digo por aquello de los Superhéroes. Dijo Eliot Johnson.

- ¡Debemos actuar de inmediato el tiempo está en nuestra contra! Dijo el Mediador.

- Moveré a las fuerzas aliadas que estén cerca de los objetivos, para apoyarlos en lo que necesiten.

- Bien, ¡gracias Eliot! en marcha. Dijo el Mediador.

A gran velocidad se desplazaron a la sala de información confidencial en la central de inteligencia, sellaron pisos, paredes y techos con placas de plomo y colocaron dispositivos de baja frecuencia para proteger toda la información, de ese modo la sala quedó impenetrable para cualquier ser etéreo. Inmediatamente después, se desplazaron por medio de un canal interdimensional a la Isla Polar, una vez situados sobre el objetivo a gran velocidad se sumergieron en las aguas oceánicas y descendieron hasta el décimo piso donde se encontraba el puente interdimensional, se sorprendieron al ver la gruesa fila de ángeles caídos cruzando el puente, los planes de uciatán ya se habían puesto en marcha, la invasión estaba en proceso.

- Creo que... los portaviones sólo son una distracción que uciatán le dio a Charck para ocultar lo que estamos viendo, estas son sus verdaderas intenciones.

- Estás en lo cierto Steve, la invasión ya comenzó. Dijo el Mediador.

- ¿Qué sigue ahora? Preguntó Spritebell.

- El puente se sustenta de la fuerza geomagnética que genera el núcleo magmático de la tierra, el dispositivo que vemos en el fondo del pozo es el que condensa la energía y la envía a través del tubo de cristal de roca, cuando la energía condensada toca el otro extremo del puente se conecta con el inframundo y materializa la plataforma sobre la cual cruzan los ángeles caídos. Explicó el Mediador.

- Bien, supongo que lo que tendremos que hacer es desactivar el dispositivo de condensación de energía geomagnética.

- ¡No, Steve!... Destruiremos el dispositivo y el tubo de cristal de roca, no les dejaremos posibilidad alguna que continúen con esto. Dijo el Mediador.

- Bien, hagámoslo entonces. Respondió Steve Koch.

- Sólo una cosa más, recuerden mantenerse dentro del campo de luz que me rodea; cuando vean destruido el sistema nos buscarán para atacarnos.

- ¡Entendido! Contestaron al unísono Steve Koch y Spritebell.

De inmediato descendieron por el pozo a lo profundo hasta llegar al incandescente lugar donde se emplazaba el dispositivo de condensación, suspendidos en el aire el Mediador, Spritebell, y Steve Koch al mismo tiempo dispararon una descomunal descarga de energía que emanaba de sus manos y de sus ojos, la cual al poco tiempo hizo estallar en pedazos el aparato que condensaba la energía geomagnética, luego de inmediato volaron hasta el gigantesco tubo de cristal de roca, que ascendía hasta conectarse con el otro extremo del puente interdimensional, se posicionaron a distintos niveles y de igual manera dispararon una onda de choque de rango tan agudo, que literalmente destrozó el tubo de cristal de arriba hacia abajo, eso propició la interrupción del flujo de la poca energía electromagnética que quedaba acumulada en el tubo de cristal, la cual mantenía estable el puente interdimensional, repentinamente desapareció la plataforma sobre la cual cruzaban los ángeles caídos, todos los que estaban cruzando en ese momento se desplomaron y cayeron hasta el fondo del pozo, sumergiéndose en el magma incandescente; el Mediador, Spritebell y Steve Koch, de inmediato a gran velocidad subieron con intenciones de dirigirse hacia los portaviones para comenzar con la tarea de desmantelar la amenaza de Adam Charck, pero los ángeles caídos que ya habían logrado cruzar el puente, salieron a su encuentro cerrándoles el paso, el

Mediador de inmediato amplió el rango de luz con el fin de proteger a sus compañeros, suspendidos en el aire los tres paladines repentinamente se encontraban completamente rodeados, el Mediador al ver el inminente peligro de inmediato emanó una luz tan intensa que por un momento dejó ciegos a todos los ángeles caídos y aprovechando la confusión a gran velocidad avanzaron abriéndose paso entre las gruesas hordas de ángeles caídos, que salían catapultados por el aire al ser impactados violentamente por el campo de energía que cubría a los tres superhéroes, de este modo lograron escapar rápidamente de la fortaleza de Adam Charck.

Al llegar a la superficie provocaron una gran expulsión de agua, y por un instante los tres quedaron suspendidos en el aire a muchos metros sobre las aguas del océano, la luz del sol completamente diáfana, impidió que los ángeles caídos los pudieran seguir; de inmediato Steve Koch hizo señas de avanzar juntos en formación de triangulo, se desplazaron a gran velocidad rumbo al primer portaviones... Al acercarse a la gigantesca nave, los tres al mismo tiempo se sumergieron nuevamente en lo profundo de las aguas del océano, el plan era introducirse a la nave por debajo a través del casco del portaviones, pero al llegar se toparon con varios soldados de Charck merodeando el área, no quedaba otra solución más que enfrentarlos, con rápidos movimientos se deshicieron de los guardias que estaban cercanos al lugar por donde pretendían penetrar el casco del barco, ya una vez dentro Steve Koch dijo.

- Esto tenemos que acabarlo de un solo golpe, no podemos arriesgar nada.

-¿Qué propones que hagamos? Preguntó Spritebell.

- Simple, tú te ubicarás en la pared derecha de la proa, yo en la pared derecha de la popa, y el Mediador se quedará aquí para mantener la horizontalidad del barco.

- ¿Bien, pero que haremos? Dijo el Mediador.

- Aquí el principal problema es que Charck, teniendo este poder bélico en sus manos puede ser muy impredecible, y no estoy dispuesto a arriesgar a la población, aunque sea con armas convencionales.

- Yo no subestimaría el poder creativo de Charck, no podemos descartar el armamento nuclear por el sencillo hecho de que al cambiar la clave es imposible disparar los misiles; ¿qué pasaría si encontró una forma de burlar el sistema creando un puente en el circuito del misil y ahora si puede dispararlo desde el barco? Comentó Spritebell.

- Bien, con mayor razón creo que es más que necesario hacer lo que les voy a proponer.

Todos guardaron silencio esperando escuchar el plan de Steve Koch.

- Las posiciones que anteriormente especifiqué, son porque pretendo que de un solo esfuerzo entre los tres hagamos girar el portaviones... Necesito que el portaviones ¡dé una vuelta campana! Que quede completamente boca abajo, así no podrán disparar los misiles, ni podrán trasmitir ninguna alerta a los otros portaviones, ¿qué opinan?

- De acuerdo Steve, pero luego deberemos trasladarnos por medio de puertas interdimensionales lo más rápido posible para ejecutar a cada nave, ¡no podemos darles tiempo a reaccionar! Expresó el Mediador.

- ¡De acuerdo, en marcha! Dijo Spritebell.

De inmediato la titánica tarea comenzó a ejecutarse, utilizando sus habilidades de multipresencia, Spritebell se ubicó exactamente en el lugar donde se le asignó, pero al mismo tiempo estaba al lado de Steve Koch en el otro extremo del barco, a su vez Steve Koch hacia lo mismo todo con el propósito de lograr una total precisión, a la cuenta de tres cada quien empujó en la misma dirección, mientras el Mediador mantenía la horizontalidad de la nave, de inmediato el barco comenzó un rápido proceso de inclinación que terminó por voltearlo completamente, desde luego el desorden y el caos reinaban en todos los niveles del barco, un breve instante después de logrado su primer objetivo, abrieron una puerta interdimensional y los tres superhéroes con urgencia se trasladaron rumbo a su próximo objetivo, todo marchaba según lo planeado, pero en el último portaviones, el que amenazaba a Estados Unidos, algo salió mal, creyeron eliminar a todos los que custodiaban el casco del barco, pero uno de ellos permaneció mimetizado, confundido en un denso bosque de algas observándolo todo, esperó a que los tres superhéroes penetraran el casco del portaviones y de inmediato se dirigió por fuera hacia la sala de comando del gigantesco navío, donde para la sorpresa de todos, se encontraba Adam Charck, cuando éste se enteró de lo sucedido de inmediato y sin titubeos levantó el protector del dispositivo de disparo y aplastó el botón rojo, sin ningún rasgo de piedad, puso en marcha el lanzamiento de un misil de destrucción masiva, que transportaba una ojiva nuclear de gran poder con rumbo al capitolio, pocos segundos después el barco dio una súbita vuelta de campana, cuando los tres paladines salieron del interior del barco, con asombro observaron el proyectil en curso a una distancia casi imposible de alcanzar, los tres se miraron azorados mientras el misil continuaba su trayectoria letal... Parecía que el tiempo se había detenido para todos, menos para el mortal artefacto que a medida que se acercaba a su objetivo aumentaba la velocidad con el fin de penetrar las gruesas paredes de la edificación y detonar dentro, segundo a segundo los tres volaban a gran velocidad con el fin de darle alcance y evitar el desastre, pero sus esfuerzos no estaban dando resultados, el misil continuaba su curso y el impacto era inminente, de pronto la cúpula del Capitolio finalmente se hizo visible, y la velocidad con que el misil se acercaba a ella era increíblemente vertiginosa, al parecer ni los tres Superhéroes lograrían evitar tan trágico final, el proyectil pareció besar la pared de la cúpula del capitolio cuando... La figura azul eléctrico de la puerta interdimensional que entre los tres paladines lograron abrir, se interpuso entre misil y la cúpula, se miraba como si el misil estuviera penetrando el concreto del edificio, pero en realidad estaba siendo redireccionado a otro punto geográfico del planeta, para ser más preciso, caería exactamente con todo su poder sobre la fortaleza de Adam Charck, en la ahora desierta Isla Polar, el proyectil desapareció debajo de las heladas aguas oceánicas que rodeaban la isla, hasta alcanzar las gruesas paredes de cristal del bunker de Adam Charck, a las cuales destrozó para penetrar y explotar en el corazón de la fortaleza, no solo perecieron todas las fuerzas de Charck sino también todos los ángeles caídos fueron eliminados por el poder de la radiación, posterior a la descomunal explosión salieron una gran cantidad de gigantescas burbujas de un material parecido al hule transparente, las cuales contenían en su interior las naves que Charck había hurtado a las naciones aliadas, Spritebell, Steve Koch y el Mediador suspendidos en lo alto, observaban el triste espectáculo de despojos de la fortaleza submarina de Charck, que flotaban a la deriva en las gélidas aguas del océano, al ver que ellos ya no tenían nada que hacer ahí, de inmediato se dirigieron donde se encontraban los portaviones para ayudar a recuperar las naves y capturar a sus tripulantes, en especial a Adam Charck, pero cuando llegaron a la ubicación del último portaviones, lo primero que hicieron fue levantar completamente la gigantesca nave hasta ponerla a muchos metros sobre el nivel del mar, esperaron a que escurriera relativamente el agua que se había acumulado dentro de ella y procedieron a girarla sobre su eje para luego posar el casco del barco sobre las aguas nuevamente, entraron dentro de la nave para buscar a Charck y sus soldados, pero como ya sabían que sucedería, no hallaron a nadie, seguramente no tardará en llegar alguna noticia de ellos y sus cómplices, por lo que prosiguieron en la tarea con los demás portaviones, cuando todo quedó en orden, se reunieron con Eliot Johnson, quien les comunicó que Charck pretendió atacar nuevamente a las naves aliadas, pero se llevó la sorpresa de toparse con el dispositivo de protección que se les colocó a los casco de los barcos, en ese momento unidades submarinas aprovecharon para acorralarlos a todos, disparándoles con cañones de ultrasonido, los aturdieron, luego los capturaron encarcelándolos en celdas selladas con plomo, por lo pronto Charck no volverá a ser una amenaza para nadie.

Finalmente las fuerzas navales de los países aliados concluyeron con los detalles de recuperación de sus naves. Steve Koch, Spritebell y el Mediador se juntaron para tener una última conversación.

- Gracias por todo tu apoyo, Uriel.

- El que tiene que estar agradecido soy yo, ustedes me ayudaron a mí, solo me queda la tarea de cazar a uciatán y llevármelo de regreso a donde pertenece. Dijo el Mediador.

- A mí todavía me resta tener una junta con el Juez de Vida, espero que no me quiera cobrar por todos los desmanes que hizo Charck.

- ¡No te preocupes Spritebell! hablaré con él, todo quedará aclarado.

Spritebell sonrió, luego súbitamente el Mediador se diluyó en el aire y desapareció.

- Por cierto Spritebell, desde hace un rato una pregunta ronda mi mente ¿dónde quedó el Dr. Francisco Curiel?... Preguntó Steve Koch.

La sorpresiva pregunta de Steve congeló por un instante a Spritebell, la respuesta resonó en su mente y se hizo notoria en su mirada y en su largo... largo silencio.

"No tengo ni idea"

FIN.